WANTED!!

SWEET RELAX

IZUMI TSUBAKI

* CHIAKI A LE DON DE VOIR CES POINTS CORRESPONDANT À DES CARREFOURS D'ÉNERGIE ET SITUÉS SUR TOUT LE CORPS.

CRAC CRAC
MMG
ARGH
HMMM
FSSH
HU HU
VOUS ENTENDEZ COMME ÇA CRAQUE ?
EUH, MAIS C'ÉTAIT QUOI ÇA ?
QUAND DEUX OS S'ÉCARTENT UN PEU, ÇA FAIT CE BRUIT ...
HEIN ?
GNARK
BON ...
POUR FINIR ...
CRACCRAC
MA TECHNIQUE SECRÈTE ! UN SPÉCIAL CHIAKI !!
...
ÇA ...

QUEL PLAISIR...

de vous connaître et merci d'avoir choisi ce volume !

Alors, je dois vous dire que... c'est mon premier manga en livre ! Du coup, mon cœur bat la chamade, j'ai l'impression de vivre un rêve !
Mais au fait...

Je devrais peut-être me présenter moi aussi ? Je n'ai pas grand-chose à raconter sur moi mais bon...

< Profil >

Nom : Izumi Tsubaki
Anniversaire : le 11 décembre
Groupe sanguin : A
Passion : je collectionne tout ce qui est lié aux hermines (depuis la 6e)

Hermine : j'adore son regard ambigu, ni bon, ni mauvais, on ne sait jamais vraiment.

Point fort : je peux dormir n'importe où et faire une ou plusieurs nuits blanche(s)

Voilà, quelques infos.

Et maintenant je m'en remets à vous.

Izumi Tsubaki

* SHIATSU : TECHNIQUE ANCESTRALE DE SOIN PAR LE MASSAGE.

OOOH !
CLUB DE MASSAGE
SI ON VEUT UN SUPER MASSAGE C'EST LÀ !
LES ÉLÈVES PEUVENT SE FAIRE MASSER GRATUITEMENT PENDANT LA PAUSE DÉJEUNER
ÇA PERMET AUSSI AUX MEMBRES DU CLUB DE S'ENTRAÎNER COMME DES PROS, SURTOUT POUR LE SHIATSU
MOI, CHIAKI TÔGÛ, JE FAIS PARTIE DU CLUB
TOUS LES SECRETS DU SHIATSU
MAIS, CE LIVRE ...
OOH
C'EST LE FAMEUX TOUS LES SECRETS DU SHIATSU !
T'AS VU ?!
LE MAÎTRE ME L'A PRÊTÉ LA DERNIÈRE FOIS
ALORS MOI, TON GENTIL FRÈRE, JE TE LE MONTRE AUSSI
Comme tu es arrivée deuxième à l'épreuve de pratique, tu peux y jeter un œil
TAKESHI TÔGÛ, LE PRINCE DU SHIATSU
AU FAIT ... TU NE RENTRES TOUJOURS PAS À LA MAISON ?
Tu vis chez ton prof de shiatsu, c'est ça ?
GRR
NAN ! J'Y RETOURNERAI QUAND JE SERAI DEVENU UN VRAI PRATICIEN DE SHIATSU
MAUDIT PAPA ! IL A EU LE CULOT DE SE MOQUER DE MON RÊVE MAIS JE VAIS DEVENIR UN MAÎTRE DE SHIATSU ET ALORS ON VERRA BIEN !!
BON COURAGE
SECRET

MAIS POURQUOI, IL Y A DES SOUCIS À LA MAISON ?
...
EUH ... NON, TOUT VA BIEN ...
AH, J'Y PENSE ! PAR HASARD TU CONNAÎTRAIS PAS L'ÉLÈVE LE PLUS CASSÉ DU LYCÉE ?!
Je le croise dans le bus tous les matins, c'est forcément un élève du lycée ...
QUOI ?
?
LE GARS LE PLUS CASSÉ DU LYCÉE ?
OUI !
MMH, JE NE CONNAIS PAS LE DOS DE TOUS LES ÉLÈVES !
MAIS ...
YŪNA AIZAWA, ÉLÈVE EN SECONDE, MEMBRE DU CLUB DE MASSAGE
FUIP
ET SI TU REGARDAIS SON VISAGE ? ON IRAIT PLUS VITE
Allez, vas-y !
GAPS
!!
MAIS NON !
JE SUIS COMPLÈTEMENT FASCINÉE PAR SON DOS, TU COMPRENDS ?!
Oh là là !
Je meurs d'envie de le masser !!
FUIP
AH...
OUPS, À L'IMPOSSIBLE NUL N'EST TENU ...
Eh oui
M.Tsubo

DANS CE CAS, TU PEUX NOUS DÉCRIRE SES TSUBO ?
ALORS VOILÀ : COMME IL SE TIENT SUPER DROIT, JE PARIE QU'IL A UN TENCHÛ(3) ET UN SHIYÔ(4) PLUS PETITS QUE LES AUTRES, ET ...
AVEC UNE LÉGÈRE PRESSION, SON DOS POURRAIT SE DÉTENDRE, VOILÀ, C'EST ÇA SON GENRE ♡
Hi hi, je l'ai dit !
BLUSH
SAF SAF
J'Y COMPRENDS QUE DALLE !
Mais pourquoi tu rougis ?
AH
DÉSOLÉE, JE ME SUIS EMBALLÉE TOUTE SEULE ...
JE SUI NAVR
BLUSH
T'INQUIÈTE, ON A L'HABITUDE
No problemo
ENFIN BREF. DIS, TU POURRAIS RENDRE ÇA AU PRÉSIDENT DU CLUB ?
JOURNAL CLUB
MAIS POURQUOI TU NE LE FAIS PAS TOI-MÊME ?
QUAND LE PRÉSIDENT TROUVE QUELQU'UN POUR DISCUTER ÇA DURE DES PLOMBES
Tôpû, peux-tu me passer la main ?
Il faut que je m'entraîne
Voilà
ALORS, BONNE CHANCE
EUH D'ACCORD ...

EUH, EXCUSEZ-MOI, PRÉSIDENT ...
SALUT
QU'Y A-T-IL ?
PARDON ? QU'EST-CE QUE TU VOULAIS ?
À qui je dis merci ?
EUH, OUI, YÛNA VOULAIT VOUS RENDRE CE LIVRE , ELLE TE ... EUH, VOUS REMER...
JOURNAL D
NON MAIS, CE QUE JE VOULAIS DIRE, C'EST QUE YÛNA EST UN LIVRE, ET LE PRÉSIDENT EST UNE PLOMBE ...
BLUSSH
CALME-TOI, CHIAKI
PARDON, EN FAIT, JE N'AI RIEN À DIRE ...
ÇA VA ?
VIOU
...
ALLEZ DIS-NOUS, POURQUOI T'AIMES LE SHIATSU À CE POINT ?
HEIN ?
FRANCHEMENT, DÈS QU'ELLE ARRÊTE DE PARLER MASSAGE, C'EST LA PANIQUE TOTALE, TU NE TROUVES PAS ?
Mais elle est sacrément douée en shiatsu ...
TU L'AS DIT ... ON DIRAIT QUELQU'UN D'AUTRE
MERCI BIEN ... MA PETITE
ÇA C'EST ...

... UN SECRET
AH BON ?
Hi Hi
ELLE CACHE QUELQUE CHOSE, C'EST CERTAIN ...
BON, C'EST PAS GRAVE ...
J'AI UN CONSEIL DE GRAND FRÈRE POUR TROUVER LE GARS DONT TU PARLAIS !
OUAAH, C'EST VRAI ?!
TOUT VIENT À POINT À QUI SAIT ATTENDRE !
...
FACILE À DIRE ...
ÉVIDEMMENT, JE PENSAIS PAS LE RETROUVER SI FACILEMENT MAIS ...
BAM
OUAAH !!

CHOP
EXCUSE, JE T'AI PAS FAIT MAL ?
NON ...
OH LÀ LÀ, QU'IL EST BEAU ...
HM ?
MAIS ...
JE CONNAIS CETTE MAIN
EEEH
T'ES SÛRE QUE ÇA VA ?
SI ÇA SE TROUVE ...
SAT...
EXCUSE-MOI !
SAF
...
C'EST BIEN CE QUE JE PENSAIS !

CE DOS ! IMPOSSIBLE DE LE CONFONDRE AVEC UN AUTRE ...
OUI, C'EST BIEN LUI !
Le prince William des tsubo !!!
Il y aurait plus mignon pour un prince, non ?
OUAAAH
OUH LÀ LÀ, QU'EST-CE QUE JE FAIS ? QU'EST-CE QUE JE FAIS ?
LÀ, TOUT DE SUITE, JE LUI DEMANDE SI JE PEUX LE MASSER ... MAIS, EUH, IL VA SANS DOUTE TROUVER ÇA BIZARRE
ALLEZ COURAGE !
EUUH ...
TU VOUDRAIS BIEN ÊTRE MON COBAYE POUR UNE HEURE ?
PLEAAAASE
OH LÀ LÀ, MAIS QU'EST-CE QUE JE RACONTE ...
C'EST UNE PROPOSITION ?
SOURIRE
QUOI ?! NON NON, C'EST PAS CE QUE JE VOULAIS DIRE ! ENFIN, EUUH ...
OUH LÀ
QUOI ALORS ?
MAIS POURQUOI IL EST SI SEXY ?!

EN FAIT, JE VOUDRAIS TE FAIRE UN PETIT MASSA...
HI HI
TAP TAP TAP
NAN MERCI, PAS INTÉRESSÉ
MAIS T'EN VAAS PAAS !
Nuiiiit tu me fais peur !
TIN TIN
PAS ENVIE, POINT BARRE
UN MASSAGE ? ÇA FAIT PAPY, NON ? MÊME SI J'AI DES COURBATURES, ÇA ME GÊNE PAS
À quoi tu joues, là?
SLING
REGARDEZ-MOI CE TSUBO, UN GROS POULPE !
TADAN
Tu as vu ?!
PSCHITT
C'EST QUOI CET HUMOUR ...
J'en sais rien, moi ...
HUM ! TU PRENDS LE SHIATSU DE BIEN HAUT, DIS DONC ...
MAIS SAIS-TU AU MOINS QUE TU AS UN TSUBO DANS LE VENTRE ?
...
ÉCOUTE, JE DÉTESTE QU'ON ME TOUCHE ...
SI TU INSISTES, POURQUOI PAS, MAIS À UNE CONDITION ...
COMME IL VOUS PLAIRA SIRE !!
DANS CE CAS ...

DONNE-MOI ...
TES LÈVRES
MES ...
LÈVRES ?
BLUSSH!
MMM
Mais ...
ÇA VA PAS ?!
smack
ARGH
PAF
NAN!!!
~B
Ffh Haa Ffh
Le tsubo poulpe ?

EN FAIT …
TOUTE ROUGE
TU N'AS PAS L'INTENTION DE ME LAISSER TE MASSER, PAS VRAI ?
Sourire
EXACTEMENT
Tu as compris
GRR
SALE TYPE ! BEAU GOSSE MAIS RIEN DANS LE CITRON !
Super moche ! Super super moche !
OUCH
SLAP
HEY, C'EST TOI QUI M'AS JETÉ CE TRUC-LÀ, NON ?
Un tsubo poulpe ! Un obsédé, rien de plus
TAP TAP TAP
Ah, elle est tombée …
SBOM
CETTE FILLE …
T'es d'accord avec moi ?
…
VRAIMENT, ELLE EST TROP BIZARRE …

CLUB DE MASSAGE
AH, JE PARIE QUE C'EST YÔSUKE MORIIZUMI !
YÔSUKE MORIIZUMI ?
ÇA ME DIT QUELQUE CHOSE ...
Ce nom
NORMAL
LES FILLES DU LYCÉE L'ADORENT
KING NO 1
C'EST UN VRAI COUREUR. IL CHANGE DE COPINE CHAQUE JOUR ET ELLES SONT VRAIMENT JOLIES
C'EST CARRÉMENT UN DON JUAN
TIENS, QUAND ON PARLE DU LOUP ...
HI HI
OUIII
OUH LÀ ...
C'est vrai ...
ON NE VIT PAS SUR LA MÊME PLANÈTE LUI ET MOI ...

POURTANT LA DERNIÈRE FOIS, IL AVAIT L'AIR SI TRANQUILLE AVEC MOI
CHIAKI TÔGU ! ON T'ATTENDAIT !
TAP TAP
SALETÉ !
VOLEUSE DE MECS !
EN PLUS, IL T'EN FAUT PLUSIEURS ?!
QUOI ?
ET QUAND TU T'ES LASSÉE, TU LE JETTES. MAIS C'EST QUOI CE DÉLIRE ?!
AH ...
ELLES PARLENT DE SAYAKA ...
IL Y A UN MALENTENDU ...
ARRÊTE ! JE SAIS QUE C'EST TOI, CHIAKI TÔGÛ, QUI M'A PIQUÉ MON COPAIN !
GLOUPS
JE SUIS BIEN CHIAKI TÔGÛ, MAIS ...
TAIS-TOI ! C'EST TROP TARD POUR T'EXCUSER !

TU N'ES QU'UNE GARCE !
SHAF
BAF
ZIUU
...
Aïeuh ...
AUJOURD'HUI, ELLES ÉTAIENT CINQ ... QUELLE JOURNÉE TERRIBLE !
J'AURAIS PU ME DÉFENDRE, RENDRE LES COUPS ...
MAIS ELLES AVAIENT L'AIR TELLEMENT MAL ...
...
ELLES PLEURAIENT EN PLUS
CLAP
C'EST MOI
JE NE VEUX PLUS VOIR QUELQU'UN PLEURER ...
COUCOU CHIAKI
!!
CETTE VOIX ...
SISTER !
CLAC

TU ES ENCORE PASSÉE D'UN MEC À L'AUTRE ?!
ET ALORS ?
Tiens, tu as des bleus partout
COMME D'HAB', TU T'EN ES MAL TIRÉE, DIS-MOI
DÉCIDÉMENT, TU N'ES VRAIMENT PAS DOUÉE ...
D'un mec à l'autre? Ha ha, je ne me souviens pas ... Oui, peut-être
Pas douée, mais ...
SAYA ... ÉCOUTE ...
Oui, c'est pratique les ressemblances
TU N'AS PAS IDÉE DES SERVICES QUE TU ME RENDS ! JE M'AMUSE AVEC CES PAUVRES TYPES ...
JE LEUR DIS QUE JE M'APPELLE CHIAKI TÔGÛ ET À CHAQUE FOIS C'EST TOI QUI PRENDS, SANS QUE PERSONNE NE SE DOUTE DE RIEN ! TROP FACILE !
BREF ! ELLES ONT EU LEUR PETITE VENGEANCE, ALORS N'EN PARLONS PLUS
VLAC
HUM, JE CROIS QUE JE VAIS DEMANDER AU MEC QUE J'AI BRANCHÉ AUJOURD'HUI DE M'OFFRIR UN GUCCI ET ...
UN PARFUM CHANEL !!
Oh oui, c'est bon !
MAIS ...
QUAND EST-CE QUE TU VAS ARRÊTER DE TE SERVIR DES GENS COMME ÇA ?
CHIAKI !
QU'EST-CE QUI SE PASSE ENCORE ? À PEINE ARRIVÉE TU CRIES DÉJÀ SUR TA SŒUR ? ...
ET PUIS TU AS VU DANS QUEL ÉTAT TU ES ?
AH ... EUUH, C'EST PARCE QUE ...

CLING CLING
SHAAF
SAD MAMAN !!
MA PAUVRE PETITE CHIAKI ! C'EST PARCE QU'ELLE S'EST BATTUE AU LYCÉE
ET QUAND JE LUI AI FAIT LA MORALE, ELLE S'EST ÉNERVÉE ET ELLE A VOULU ME FRAPPER !
Je ne sais plus quoi faire avec elle...
Mais ?
!!
QUOI ? ENCORE ?
Encooore ?!
HEIN ?! MAIS NOOON...
TU ARRÊTES DE MENTIR, DIS ?!
...
Pourquoi mentir ?
AH LÀ LÀ, JE NE COMPRENDS PAS CE QU'ELLE A !
MM
BON, TU LAVERAS TON UNIFORME TOI-MÊME !
Aïe... ...
OUI, MAMAN...
ELLE N'ARRIVE PAS À ME VOIR COMME JE SUIS...
SI JE LUI PARLAIS, ÇA CHANGERAIT QUELQUE CHOSE ?
IL FAUT PEUT-ÊTRE QUE JE FASSE PLUS D'EFFORTS POUR QU'ELLE ME CROIT ?
FSSSH

CETTE SITUATION NE PEUT PLUS DURER
FLOC FLOC
OUI, JE VAIS FAIRE DES EFFORTS
ET JE VAIS COMMENCER PAR RESPIRER BIEN À FOND !
Courage !
Je ne pleurnicherai plus !
PAM
TAP TAP TAP
OUH LÀ, JE SUIS À LA BOURRE ! ALLEZ VITE, AU CLUB ...
Quel est le programme aujourd'hui ?
TAP TAP
Ah
MAIS NON, J'OUBLIAIS, IL FAUT QUE J'APPORTE CES CAHIERS ...
MAIS, OUAH !
SVIP
BLAM

HEIN ?
OOUF ...
C'ÉTAIT MOINS UNE, PAS VRAI ?
AH ! MONSIEUR LE POULPE (D'HIER) !
En même temps, monsieur le coureur de jupons, merci de m'avoir sauvée ...
RÉPÈTE ÇA, MA DOUCE ? MONSIEUR... QUOI ?
Si tu parles du poulpe d'hier, je l'ai bouffé
SOURIRE
OUAAAAH
TU ME LAISSES TE MASSER ?
NAN
BOING
REGARDE UN PEU CE QUE TU AS FAIT
IL Y A DES CAHIERS PARTOUT PAR TERRE
...
CHIAKI TÔGÛ ?
AH !
OUI, C'EST LE MIEN !

* CE NOM A UNE CONNOTATION NOBLE.

DINGUE ... C'EST-À-DIRE ?
ÇA VEUT DIRE QUE "SI TU ARRIVES À ME RENDRE DINGUE DE TOI" ...
LÀ, JE TE LAISSERAI ME MASSER COMME TU VEUX ET N'IMPORTE QUAND
...
TAP TAP TAP
SAF
EN FAIT, JE N'AI PLUS TROP ENVIE, MAIS MERCI QUAND MÊME
ALLEZ, FAIS PAS TA TIMIDE
REGARDE ...
TU ES VRAIMENT SÛRE QUE TU NE VEUX PLUS ME MASSER ?
SHRASS
!!
MAIS...
YOUHOU, YÔSUKEEEE !
OH LÀ LÀÀ, UN STRIP-TEASE ?
CHÉRI, TU ES AU TOP !
OUIIIII
YÔSUKE ! TU ES TELLEMENT BEAU !
OUUH
...

DOM DOM DOM DOM
SPRISSH
LE MASSER ? J'EN MEURS D'ENVIE !
SES ÉPAULES PAR EXEMPLE, ON DIRAIT QU'ELLES M'IMPLORENT DE LES DÉNOUER
SON DOS ... J'AURAIS SANS DOUTE DU MAL À TROUVER SES TSUBO À CAUSE DES MUSCLES
UNE VRAIE FEMME NE REFUSE PAS UNE NUIT D'AMOUR !
Mais c'est pas une expression pour les filles, là !
EUH ... MAIS ...
AH
ALLEZ VIENS
REJOINS-NOUS
COME ON
MAIS C'EST PAS VRAI ?! LES TSUBOYS JINYU, DAICHÔYU ET SHISHITSU(5) ME TENDENT LES BRAS !
Quoi ? Shishitsu parle anglais ?!
GNAP GNAP
Mais arrêtez les boys ! Ne me tentez pas comme ça !
TU SAIS, ON A VRAIMENT BESOIN DE TOI
AIDE-NOUS À NOUS DÉNOUER !
SLING LING
TSUBOYS
HA HA HA
EUH ...
Oh mais ...
MMGRR
D'ACCORD, JE RELÈVE VOTRE DÉFI MESSIRE ...
J'accepte la partie ...
CHAPEAU...
ALORS BONNE CHANCE, CHIAKI
PFFF

MERCI BIEN, MAIS ...
POURQUOI TU ACCEPTES LE SHIATSU SI JE TE RENDS AMOUREUX ?
...
PARCE QUE JE SENS QU'AVEC TOI JE NE VAIS PAS M'EN-NUYER
ÉLÉMEN-TAIRE ...
CUI
C'EST COMME ÇA ...
... QUE NOTRE "BELLE" HISTOIRE D'AMOUR A DÉBUTÉ
Il insiste pour qu'on ne l'appelle pas M. le poulpe
ZUT ! J'AI OUBLIÉ MON PANIER REPAS !
VA À LA CANTINE
Comment vont ses tsuboys ?
SSST
ET SI ON SE FAISAIT DES CÂLINS ...
SÛRE-MENT PAS !
À PRÉ-SENT ...
CHUIS FATIGUÉE ...
Mais pourquoi approche-t-il toujours son visage du mien ?

OUH LÀ, J'AI DU MAL À M'HABITUER À TOUT ÇA ...
FFH
FFH
DÉSOLÉ, IL EST TARD ET JE T'EMBÊTE LÀ ... ALLEZ VIENS, JE TE RACCOMPAGNE CHEZ TOI
CHEZ MOI ?
...
YÔSUKE, TU NE PARLES PAS BEAUCOUP DE TOI ... COMMENT EST TA FAMILLE ?
POURQUOI ?
...
À TON AVIS ?

POURQUOI EST-IL SOUDAIN SI DISTANT ?
J'AI JUSTE PAS TROP ENVIE DE PARLER DE MOI, SURTOUT DE MA FAMILLE ...
Je déconne
...
IL MENT, C'EST CLAIR
SES YEUX SONT FROIDS
MAIS POURQUOI ?
...
HUM, C'EST UN PEU DIFFÉRENT DE CE QUE J'AVAIS IMAGINÉ ...
PARDON ?
NON, RIEN
Me colle pas trop, ça me saoule
MAIS EUUH
MÉCHANT !
YÔ... DIS-MOI TES GOÛTS N'ONT PAS UN PEU CHANGÉ ?
AVANT TU N'AURAIS JAMAIS TOURNÉ AUTOUR D'UNE FILLE COMME ELLE
JE CROIS PAS ...
AH ! TU PARLES ! T'ES PLUS LE MÊME, T'ES TOUT SOURIRE
Tu veux lui faire croire que tu es un chic type ? Avoue !

QUOI ? TOUT SOURIRE ?
TU PARLES DE MOI, LÀ ?
TIENS ?
T'AS PAS APPORTÉ TON PANIER-REPAS ?
AH … OUI, J'AI FAIT LA GRASSE MATINÉE …
JE N'AI PAS NON PLUS CELUI DE SAYA, ELLE N'EST PAS FÂCHÉE J'ESPÈRE …
TOI AUSSI, TU APPORTES TOUJOURS TON REPAS
QUI TE LE PRÉPARE ?
HM ? JE LE FAIS MOI-MÊME
TU VEUX GOÛTER ?
HAM
MMG
MMH, C'EST DÉLICIEUX !
C'EST BON, NON ?
HOMPF
HUM, LE PAIN AU CURRY …
Pas mal, mais sans plus
ALORS …
À MON TOUR !
CHOP
OH …

* À L'ÉCOLE ET AU COLLÈGE, LES ÉLÈVES SE METTENT EN RANG SOUS LES ORDRES DU PROFESSEUR ET LE PREMIER DE LA FILE PREND ALORS LA POSTURE DE YÔSUKE.

STAF
ALLEZ EN RAAANG !
SHFL
GLOUPS
!!
SILENCE...
...
Ils se mettent en rang dehors ?
Ce sont des lycéens ...
C'est bizarre, dans la rue comme ça ...
BLA BLA BLA BLA
MA ...
OUIIIIN
Après ça je n'oserai plus prendre cette rue !
BLUSH
À QUOI TU JOUES ?
Moi non plus !!!
QUI T'A DIT QUE JE VOULAIS QUE TU FASSES LA MAÎTRESSE ?!
TU FAIS COMME ÇA, O.K. ?
CHOC
ÉCOU QUAND HOMME DONNE BRA ...
!

IL M'ÉNERVE, MAIS MALGRÉ TOUT...
IL EST COOL CE GARÇON
BON, CHIAKI...
ON RENTRE ?
...
TIENS
Voilà ce que tu m'as demandé
UN BON DOCUMENT
Révélation des secrets du shiatsu
OOH... Ma chère belle-sœur
CLANG CLANG
SHAFF
Je suis pas ta belle-sœur, merci !
ÇA VA, J'AI COMPRIS, ET TU ES CONTENTE ?
Je te connais bien, ma puce
HI HI
OUAAAH ! GÉNIAL ! IL Y A PLEIN DE CHOSES QUE JE NE CONNAISSAIS PAS...
SALLE DE DOCUMENTATION SUR LE MASSAGE
TROP BIEN CE TSUBO QUI PRÉVIENT LE RHUME...
MAIS YÔSUKE N'A PAS UNE TÊTE À ATTRAPER FROID
PFRR RR
AH
POURQUOI EST-CE QUE JE PENSE À LUI ?
ARRG
Ooh... Elle a découvert une nouvelle technique de massage ?
Mais pourquoi elle s'envole ?

* AU JAPON, ON CROIT QUE LORSQUE QUELQU'UN ÉTERNUE UNE FOIS C'EST QU'ON PARLE DE LUI.

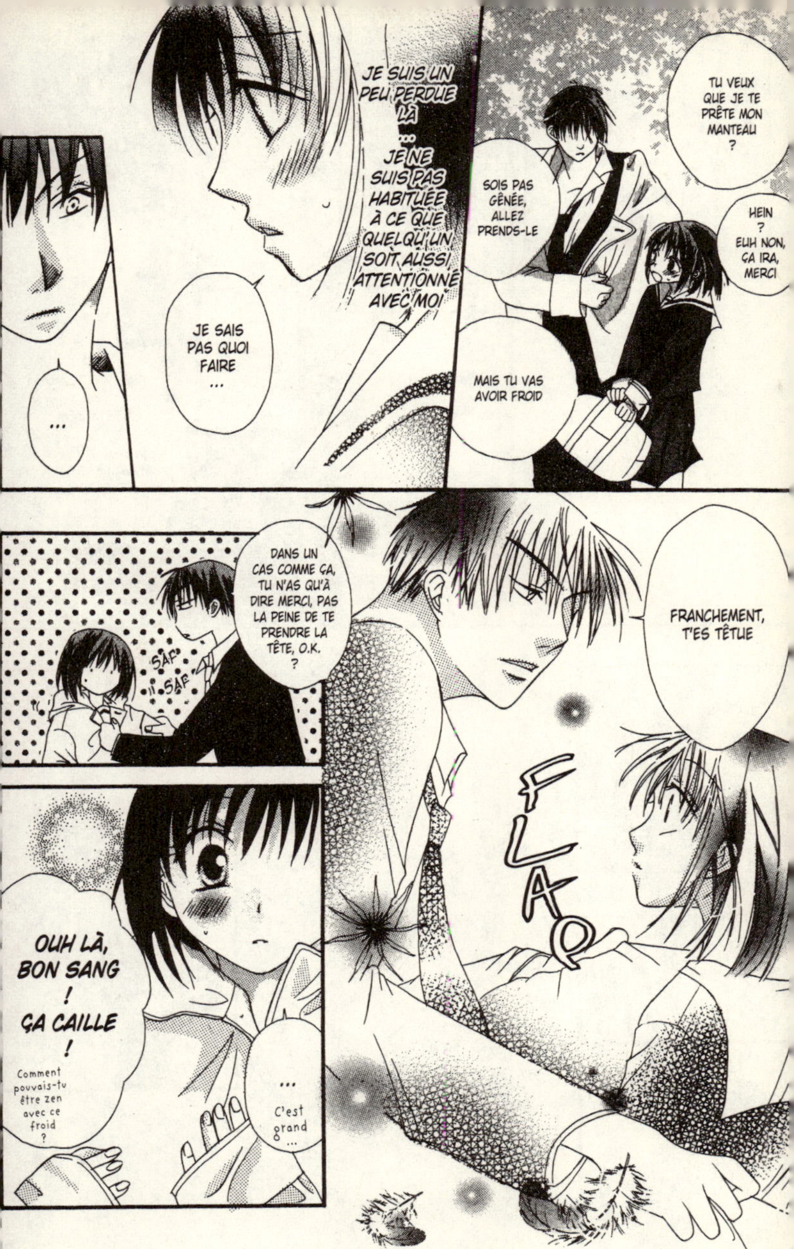
TU VEUX QUE JE TE PRÊTE MON MANTEAU ?
HEIN ? EUH NON, ÇA IRA, MERCI
SOIS PAS GÊNÉE, ALLEZ PRENDS-LE
MAIS TU VAS AVOIR FROID
JE SUIS UN PEU PERDUE LÀ ... JE NE SUIS PAS HABITUÉE À CE QUE QUELQU'UN SOIT AUSSI ATTENTIONNÉ AVEC MOI
JE SAIS PAS QUOI FAIRE ...
...
FRANCHEMENT, T'ES TÊTUE
FLAP
DANS UN CAS COMME ÇA, TU N'AS QU'À DIRE MERCI, PAS LA PEINE DE TE PRENDRE LA TÊTE, O.K. ?
SAF SAF
... C'est grand ...
OUH LÀ, BON SANG ! ÇA CAILLE !
Comment pouvais-tu être zen avec ce froid ?

BON BEN, JE TE LAISSE
J'AI UN TRUC À ...
...
GRIP
... C'est tout doux
SON CŒUR EST PLEIN DE CHALEUR ...
POF
SON MANTEAU EST TOUT CHAUD, C'EST BON
C'EST FOU, PARTOUT LA GEN-TILLESSE ...
FAIT RENAÎTRE LA JOIE
MERCI, YÔSUKE !

AH !
BLUSH
...
SAF
EUH ...
PARDOON !
STAP
POUR-QUOI TU T'ENFUIS ?
Bodom Bodom Bodom Bodom
CHOP
MAIS ...
JE ... JE SUIS ROUGE COMME UNE PIVOINE
J'en suis sûre
BLUSH
C'EST LA PREMIÈRE FOIS ...
SOURIRE
AH OUAIS, TU N'AS PAS PEUR DE TES SENTIMENTS ...
CHIAKI

QUE JE VOIS CETTE EXPRESSION DOUCE ...
SUR TON VISAGE ...
BAH ...
T'ES VRAIMENT MIGNONNE ...
OH LÀ ... IL SOURIT ENCORE !
BODOM
BODOM
JE L'AVAIS DÉJÀ VU SOURIRE MAIS ÇA N'AVAIT RIEN À VOIR AVEC CE SOURIRE RAYONNANT
BODOM
ÇA ALORS ...
SI JE M'ATTENDAIS À ÇA ...

SWEET RELAX CHAPITRE 1 / FIN

SWEET
RELAX
CHAPITRE 2

YÔSUKE NE SE DOUTE DE RIEN
CHIAKI …
BODOM
POURQUOI TU MARCHES À DEUX MÈTRES DE MOI ?
HUM, EN FAIT J'AI MANGÉ DE L'AIL …
J'ai mordu à pleine dent dans une gousse !
SAP
SAP
Attention, je pue l'ail !
Comment peut-on croquer de l'ail cru …
ET PUIS SI JE M'AP-PROCHE TROP, J'AURAIS TOUT DE SUITE ENVIE DE TE MASSER LE DOS …
MOUAIS
Ne m'ap-proche plus de toute ta vie alors
CLING CLING
TAP TAP TAP

BON, MOI JE VAIS AU LYCÉE EN TOUT CAS
BODOM
...
MAIS ...
J'AI FAILLI TOUT LUI DIRE !
ALORS, RESTONS NATURELLE
GO ! CHIAKI GO !
2DE SECTION 6
...
QU'EST-CE QUE C'EST ?
BO DOM BO DOM BO DOM BO DOM
JE ME SUIS JURÉE DE LUI CACHER MES SENTIMENTS ...
UNE PHOTO DE LUI, JE TE LA DONNE
AH, MOI AUSSI, J'AI QUELQUES PHOTOS DE LUI. SI TU VEUX, JE TE LES PASSE
Puisque j'en ai acheté deux
Collection de photos de beaux mecs by Yûna
EUH ... LES FILLES, MAIS POURQUOI VOUS VOULEZ ME DONNER DES PHOTOS DE YÔSUKE ?
Il y a même son nom sur la photo ...
Yôsuke Morizumi
PARCE QUE TU L'AIMES, NON ?
FRANCHE

* CHIAKI S'IMAGINE EN TENUE DE LETTRÉE.

C'EST PAS LE MOMENT DE RÊVASSER !
SHAAA
Non là, je me comporte comme une débile !
À PARTIR DE DEMAIN JE DOIS VRAIMENT ÊTRE PLUS NATURELLE AVEC LUI ...
Rhaa ...
SINON, JE NE POURRAIS PAS CONTINUER COMME ÇA
CLUB DE MASSAGE
SAF SAF
PARDON ?
DÉSORMAIS, ON PROPOSE AUSSI AUX ÉLÈVES UN SERVICE DE MASSAGE APRÈS LES COURS ?
OUI, BEAUCOUP D'ÉLÈVES LE SOUHAITENT ...
Ça ne te ressemble pas, d'adresser la parole à quelqu'un la première
TU ES PRISE APRÈS LES COURS ?
MAIS NON, JE SUIS TOTALEMENT LIBRE !
SOURIRE
J'AI TROP HÂTE DE LE FAIRE !
Bien se réchauff avant de masse

CLUB DE MASSAGE
BLA
BLA
C'EST QUOI, CETTE FILE ?
ILS SONT VRAIMENT EFFICACES, TU NE TROUVES PAS ?
Même que je n'ai plus de courbature dans les épaules
SI, SI, SURTOUT LA FILLE EN 2DE, ELLE EST TRÈS DOUÉE
Haru, le mec de terminale, est aussi super fort
OUAH
YES ! ÇA COMMENCE !
SAP
LA FILLE EN 2DE … SI ÇA SE TROUVE …
ÉMUUUU
VUT
TU ES UN MODÈLE POUR LES APPRENTIS MASSEURS !
Credo des praticiens: 1. La technique 2. Les efforts pour progresser 3. L'amour !
TRÈS BIEN ! METTONS DU CŒUR DANS NOS MASSAGES !!
OUI !
JE VOIS QUE LE PRÉSIDENT EST AUSSI FAN DE MASSAGE QUE MOI …

...
LA VACHE ...
TIC
OUAAAH ♡
Impressionant
Très élégante
Magnifique ...

HUM, DAICHÔYU ET JINYU ...
PST
CES DEUX TSUBO VONT TE SERVIR. TU DOIS LES PRESSER BIEN FORT AVEC LES POUCES COMME SI TU VOULAIS QU'ILS ENTRENT DANS LE MUSCLE
Presser harmonieusement de tout son poids, c'est ça la clef !
OUH
CRAC
CRAC
ON. DIRAIT PLUTÔT UNE SORCIÈRE ...
RAC
Presser harmonieusement de tout son poids, c'est ça la clef
POUR ASSOUPLIR LE MUSCLE AUTOUR DES HANCHES, S'AIDER EN APPUYANT DU COUDE !
ALLEZ, ON N'HÉSITE PAS À APPUYER !
SPOUF
TU ES ...
BRAVO
I ♥ CHIAKI
L♥O♥V♥E CHIAKI
Mortel !
UNE FILLE DU TONNERRE !
T'ES VRAIMENT L'AS DE NOTRE CLUB !
TROP CUTE !
Tu es la plus cool du Japon !!
Lovely même ♡ ♡
GLOUPS
VOUS ÊTES SON FAN CLUB, OU QUOI ?!
OUUUH
SAP
VOILÀ, C'EST FINI !

OUAH ! JE ME SENS SUPER BIEN !
FAUT ESSAYER !
MERCI BEAUCOUP ! LA PROCHAINE FOIS C'EST TOI QUI ME MASSES, O.K. ?
D'ACCORD
Avec plaisir
Au revoir, merci et à bientôt !
!!
YO… YO… YÔSUKE ?!
OH MAIS …
QU'EST-CE QUE TU FAIS LÀ ?
MAIS …
TU …

...
NON, RIEN ...
SHAC
JE VOULAIS JETER UN COUP D'ŒIL, C'EST TOUT. J'EN AI ASSEZ VU, JE ME CASSE
AH ...
MAIS J'AI L'IMPRESSION ...
QU'IL EST FÂCHÉ
JE ME TROMPE ?
CHIAKI !
?
J'ARRIVE !
ALORS QUE VOULEZ VOUS ? HUM ... UN BEAU GALBE ...
DOM DOM DOM DOM
BLITZ
DANS CE CAS LÀ, JE VAIS PRESSER UN PEU GAIKAN, GÔKOKU, KETSUINYU(T) ET DAICHÔYU
GNAP
GNAP
IIIIH !
YAAAAH
GNIII
MAIS ... ÇA MARCHE AUSSI POUR MAIGRIR ...
OUAAAH
OUI !
Le massage ?
Ooh ... Ça fait du bien ...

LE MASSAGE ACTIVE LA CIRCULATION DU SANG, ÇA TU LE SAVAIS. ON STIMULE AINSI L'ÉNERGIE ET ON BRÛLE LA GRAISSE
ENSUITE, L'EAU STOCKÉE DANS LE CORPS OU LES DÉCHETS DE L'ORGANISME SONT ÉVACUÉS
À savoir que c'est bon pour maigrir.
Un petit cours rapido de Tôgû
SI TU VEUX AFFINER UNE PARTIE PRÉCISE DE TON CORPS, AVEC LE SHIATSU C'EST POSSIBLE !
AH OUI ? ALORS LA PROCHAINE FOIS, JE LE DEMANDERAI
PAM
AU FAIT ...
IL Y A UN TSUBO FACILE À TROUVER ET À MASSER !
Deux doigts en bas du poignet !
ESSAIE DONC, GENTIL LECTEUR, DE LE CARESSER DOUCEMENT PENDANT UNE MINUTE ENVIRON. JE TE GARANTIS QUE ÇA FACILITERA LA CIRCULATION DU SANG
LALALAAA
Allez, reviens sur terre steuplé
OUYAAAH
SHAA
BOUM BOUM BOUM BOUM
Ooh, comme c'est beau de voir ma sœur en action !
ON VOIT QU'ELLE DÉPASSE TOUT LE MONDE EN SHIATSU, PAS VRAI ?
CHIAKI, POURQUOI TU AIMES TANT MASSER LES GENS ?
MAIS ON NE SAIT PAS VRAIMENT ...
HEP

HEIN ?
ENFIN, TU ÉTAIS VRAIMENT À FOND
À te voir faire, on dirait que ça te transporte complètement
AH ... IL M'A REGARDÉ MASSER DES GENS, C'EST UN PEU GÊNANT ...
EH BIEN, SI TU VEUX TOUT SAVOIR ...
MA PASSION POUR LE MASSAGE VIENT D'UN ÉVÉNEMENT TOUT BÊTE
DEPUIS QUE JE SUIS PETITE, JE SUIS LENTE, BONNE À RIEN
J'AI COMMENCÉ À APPRENDRE LE SHIATSU SIMPLEMENT PARCE QUE MA GRANDE SŒUR LE VOULAIT
Le massage ?
?
À L'ÉPOQUE, À CÔTÉ DE CHEZ NOUS VIVAIT UNE VIEILLE DAME QUI AVAIT TOUT LE TEMPS MAL AUX HANCHES
UN BEAU JOUR, JE SUIS PASSÉE LA VOIR CHEZ ELLE ET J'AI EU OCCASION DE LA MASSER
YAAH
SHAA
ET ALORS ...
MERCI BIEN ... MA PETITE CHIAKI
JE ME SENS BEAUCOUP MIEUX
C'ÉTAIT LA PREMIÈRE FOIS ... QUE QUELQU'UN ME REMERCIAIT

SI TU VEUX, À CE MOMENT-LÀ, J'AI SENTI À QUEL POINT ÇA ME RENDAIT HEU-REUSE D'ÊTRE UTILE …
ET DE FAIRE PLAISIR À QUELQU'UN
POUR MOI, LE SHIATSU C'EST TRÈS PRÉCIEUX, JE VEUX DONNER LE MEILLEUR DE MOI-MÊME, C'EST MA VIE
RIEN NE COMPTE PLUS À MES YEUX …
PARCE QUE C'EST AUSSI COMME ÇA QUE J'AI DÉCOUVERT COMMENT COMMUNIQUER AVEC LES AUTRES

C'EST VRAIMENT MA PASSION ET J'AI ENVIE DE TOUT FAIRE POUR LA VIVRE
MÊME QUAND JE BROIE DU NOIR, GRÂCE À ÇA JE PEUX RESTER CALME, GARDER MA BONNE HUMEUR(8) ...
ET SURTOUT, ÇA ME DONNE DE LA FORCE ...
...
HA HA
OH PARDON ! JE SUIS TROP BAVARDE ! E SUIS SÛRE QUE T'AI ENNUYÉ AVEC MON HISTOIRE
NON ...
Aargl ... Euuh ...
C'ÉTAIT INTÉRESSANT

AH
...
MERCI
OUH LÀ,
JE SUIS EN
RETARD
Hop là
SALLE DE
DOCUMENTATION
BOULANGERIE
YAMAMOTO
SHAC
PARDON,
C'ÉTAIT PAS
TROP LONG
?
...
...
ZZZ
AH
...
IL DORT
BOULANGERIE
YAMAMOTO

Elle a juste eu envie d'empiler des casse-croûtes sur sa tête
ROON
HAM
BON, IL VA BIEN FINIR PAR SE RÊVEILLER
...
Bodom Bodom
Elle s'est dit : pourquoi pas en empiler un peu plus ?
OOOH
HMM
AH
MAIS ...
QU'EST-CE QUE JE FABRIQUE ...
JE FERAIS MIEUX DE LE RÊVEILLER
OOOH !
CLAP CLAP
ALLEZ, ABRACADABRA ...
QUAND IL SE RÉVEILLE, IL AURA TRÈS ENVIE DE SE FAIRE MASSER ...
OOH, ABRACADABRA... YÔSUKE VA VIEILLIR AVANT L'ÂGE SINON, AVEC DES TENSIONS PAREILLES DANS LES ÉPAULES ...
ABRACADRATRUC
VAGHEDETRAC
TRICATADRA
N'importe quoi
MMG
CLAP CLAP
BLA BLA
DIEU ! SI VOUS M'ÉCOUTEZ, JE VOUDRAIS ÊTRE TOUJOURS À SES CÔTÉS !

...
Mais franchement, je suis la reine des idiotes...!
JE VOUDRAIS TELLEMENT ...
RESTER AUPRÈS DE LUI
HMM ...
SAP SAP
AH, TU T'ES RÉVEILLÉ ?
Regarde, je t'ai acheté les pains dont je t'ai parlé ! Pour toi, celui fourré aux haricots rouges et aux yakisoba* et ...
...
* NOUILLES SAUTÉES AVEC UNE SAUCE SUCRÉ-SALÉ, DES MORCEAUX DE PORC ET DES LÉGUMES.
CHOO
CE QUE T'ES CHIANTE
ARRÊTE DE M'EMBROUILLER LA TÊTE, O.K. ?

SHFF…
VLAM
ZZZ
IL ÉTAIT À MOITIÉ ENDORMI ?
...
ARRÊTE DE M'EMBROUILLER LA TÊTE ?
DRIIING DRIIING
QU'EST-CE QUE ÇA VEUT DIRE ?
EUUH ...
HMM
J'AI L'IMPRESSION D'AVOIR DIT UN TRUC BIZARRE, MAIS QUOI ?
Je me rappelle plus ...

LE SHIATSU, C'EST LE PIED !!

Comme je n'avais pas prévu que cette histoire sortirait en série, juste au moment de me dire que je devais me renseigner plus sur le shiatsu, j'ai entendu :

1) La voix de Dieu (le responsable éditorial) qui m'a dit : "Et si on allait demander à un praticien ?"
2) **Mais oui !! volontiers !!** Et je suis allée voir un praticien de shiatsu ! Grand bonheur de vérifier la théorie par la pratique puisque tout en me massant il m'expliquait cette tradition vieille de plusieurs siècles.

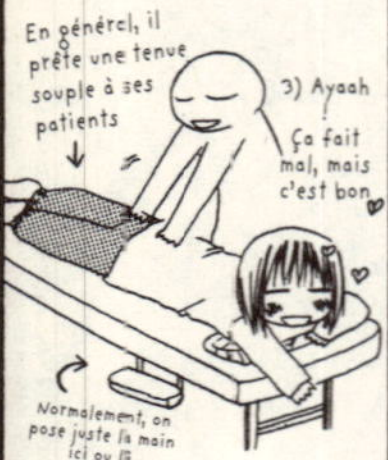

Il m'a rapporté beaucoup d'anecdotes et d'informations. En sortant j'ai commencé à comprendre que la pratique du massage n'est pas aussi simple qu'elle en a l'air. Et par rapport à des médecines plus rationnelles, les lois ne laissent pas toujours le champ libre aux praticiens.

Dans la réalité, il serait évidemment impossible que des lycéen(ne)s massent des gens, mais c'est une œuvre de fiction qui permet de faire passer des choses alors merci de me suivre dans cette aventure !

J'aime me dire que je vous embarque dans un univers tendre, drôle et relaxant...

ÉCOUTE FREROT ...
JE TE LE RÉPÈTE : LAISSE TOMBER !
QUOI ? T'ES ENCORE VENU ESSAYER DE ME FAIRE CHANGER D'AVIS ?
Franchement, je te trouve bien bête
T'AS PAS DE CŒUR !
...
POURQUOI TU NE VEUX PAS QUE JE LE FASSE ? CHIAKI TÔGÛ T'A RÉDUIT AU DÉSESPOIR, NON ?
C'EST VRAI, MAIS TU VAS TROP LOIN
DÈS QU'ELLE AURA COMMENCÉ À EN PINCER POUR TOI, TU LA LARGUERAS ? QUEL PLAN GLAUQUE !
ET PUIS C'EST DU PASSÉ CETTE HISTOIRE ENTRE ELLE ET MOI ...
GRR
AH OUAIS ...

HIIIIII
!
SAT
SI TU LE DIS ... ET MÊME EN REGARDANT ÇA, ÇA TE FAIT RIEN ?
OUYAAH ! UNE NANA !!!
MOUAIS !!
MON PETIT KATSUHISA, CE N'EST PAS DU PASSÉ ! TU ES TOUJOURS COMPLÈTEMENT FLIPPÉ AVEC LES NANAS !
GN II GN II
HI HI
T'ES DÉGUEU-LASSE !
HÉ HO
FRÉROT, RAPPELLE-TOI TOUT CE QU'ELLE T'A FAIT VOIR !
...
Si on sortait ensemble ?
Pardon ?
Tu pourrais m'acheter ça ?
Hein ?!
Si tu dis non, je te quitte tout de suite, alors c'est oui ?
HIII
Je veux çaaa
Allez, juste pour cette fois, on passe au magasin que j'adore
BOONG
END
DIRE QUE LA PREMIÈRE FILLE DONT JE SUIS TOMBÉ AMOUREUX ÉTAIT UNE VIPÈRE ... QUELLE POISSE !
MAIS EUH
ENFIN IL S'EN REND COMPTE ...
Quel idiot, lui ...
D'AILLEURS, ELLE ...
MERCI, YÔSUKE ...

EH ...
TA COPINE S'APPELAIT VRAIMENT CHIAKI TÔGÛ ?
HEIN ? OUAIS, MAIS POURQUOI ...
TU ME DEMANDES ÇA ?
...
POUR RIEN, C'EST JUSTE QUE JE ME FAISAIS UNE AUTRE IMAGE D'ELLE
À MOINS QU'ELLE NE JOUE LA COMÉDIE !?
MONTAGNE
...
MAIS C'EST QUOI, TOUTES CES BOÎTES ?
La tour de Babel ?
AH ÇA ? C'EST POUR MON ANNIV'
Le 28 mai ...
DES FILLES M'ONT MIS TOUT ÇA DANS LES BRAS ALORS QUE JE LEUR AVAIS BIEN DIT QUE J'EN VOULAIS PAS ...
Mais qu'est-ce que je vais bien pouvoir faire de tout ça ?
VOF
C'EST AUJOURD'HUI SON ANNIVERSAIRE ? JE NE SAVAIS PAS !

EXCUSE-MOI ... JE N'AI PAS DE CADEAU
AAH...
TU ES SOURDE ? J'AI DIT QUE JE NE VEUX RIEN
...
Je t'en ai acheté une nouvelle ...
BON, SI TU VEUX ME RENDRE UN PETIT SERVICE, PEUX-TU ACCEPTER CECI ?
HEIN ?
...
C'EST UNE BAGUE CHROME & HEARTS*
C'est quand même dommage de t'en séparer
* MARQUE D'ACCESSOIRES DE LUXE POUR HOMMES, BAGUE NOIRE VIRILE MAIS SOUVENT DÉTOURNÉE PAR LES ADOS.
ÇA DOIT ÊTRE ... CHROME & HEARTS
Ouaip ! C'est Chrome & ...
Ouaip ! C'est Hearts ! Tu nous cherches ?!
HEARTS
HARLEY
C'est Chrome & c'est ...
Ouaip ! On peut tout mettre !
On va fabriquer une super bague !
Ouaip ! C'est fait à la main !
FROT
FROT
VROUSSH
Mais pourquoi il utilise le dialecte du Kansai** ?
Hé Hé Hé
MERCI !
CETTE BAGUE A UNE HISTOIRE ...
Euh, ça fait très viril, quand même !
EMUU
OUF ! VOUS VOICI MEMBRE DE CHROME & HEARTS !
Ça me fait plaisir
PARDON ?
...
Vive Chrome & Hearts !!!
** RÉGION TRÈS INDUSTRIALISÉE ET TRÈS URBANISÉE OÙ SE TROUVE, PAR EXEMPLE, OSAKA, KYOTO, ETC.

...
La photo
La bague
Petit autel shintô à usage domestique
COMME JE SUIS HEUREUSE AVEC TOUT ÇA
CLAP
Sa mère
CHIAKIII ! À TABLE !
AH
J'ARRIVE !
TAP TAP TAP
CLAC
EH CHIAKI, TU PEUX ME PRÊTER TON DICO ?
SILENC
C'EST PAS GRAVE, JE LE LUI PIQUE JUSTE UNE MINUTE ...
HM ?
TIENS, MA PETITE BAGUE !
Trop bien pour Chiaki ça ...
On lit en elle comme dans un livre ouvert
AH ... ELLE N'EST PAS LÀ ?
C'EST QUOI ? UNE PHOTO ET ... UNE BAGUE DE CHROME & HEARTS ?
Oh ! Quel canon !
ALORS, C'EST DE LUI DONT ELLE EST ACCRO ?

PFRR
O.K., C'EST DÉCIDÉ !
MON PROCHAIN PIGEON SERA ...
YÔSUKE MORIIZUMI !!
En plus, il a l'air plein aux as ♪
MAIS ALORS ?
MA BAGUE N'EST PLUS LÀ !
PAS LÀ
PAS LÀ, NON PLUS
MAIS OÙ ES-TU ?
VIUUM
...
SHAA
MINCE ! ELLE AURA ROULÉ QUELQUE PART ?!

IL FAUT QUE JE LA RETROUVE ...
...
GRIP
MAIS ... IMPOSSIBLE
FSSSH
TIENS AU FAIT, J'AI PAS VU CHIAKI AUJOURD'HUI ...
FLOC
CHIAKI ?
QU'EST-CE QUE TU FOUS LÀ, SOUS LA PLUIE ?
FSSSH
JE SUIS VRAIMENT DÉSOLÉE ...
J'AI PERDU TA BAGUE

J'AI ... CHERCHÉ PARTOUT, IMPOSSIBLE DE REMETTRE LA MAIN DESSUS
FSSSSH
JE ... TE DEMANDE ... PARDON, VRAIMENT
POURTANT C'ÉTAIT UN SUPER CADEAU QU'IL M'AVAIT FAIT ...
PARDON ?
AH OUAIS ? TU L'AS DÉJÀ MISE AU CLOU ?
DU JOUR AU LENDEMAIN, TAC, COMME ÇA
TU ES ... TROP FORTE
SST
TU ÉTAIS UNE VRAIE PLAIE, QUOI

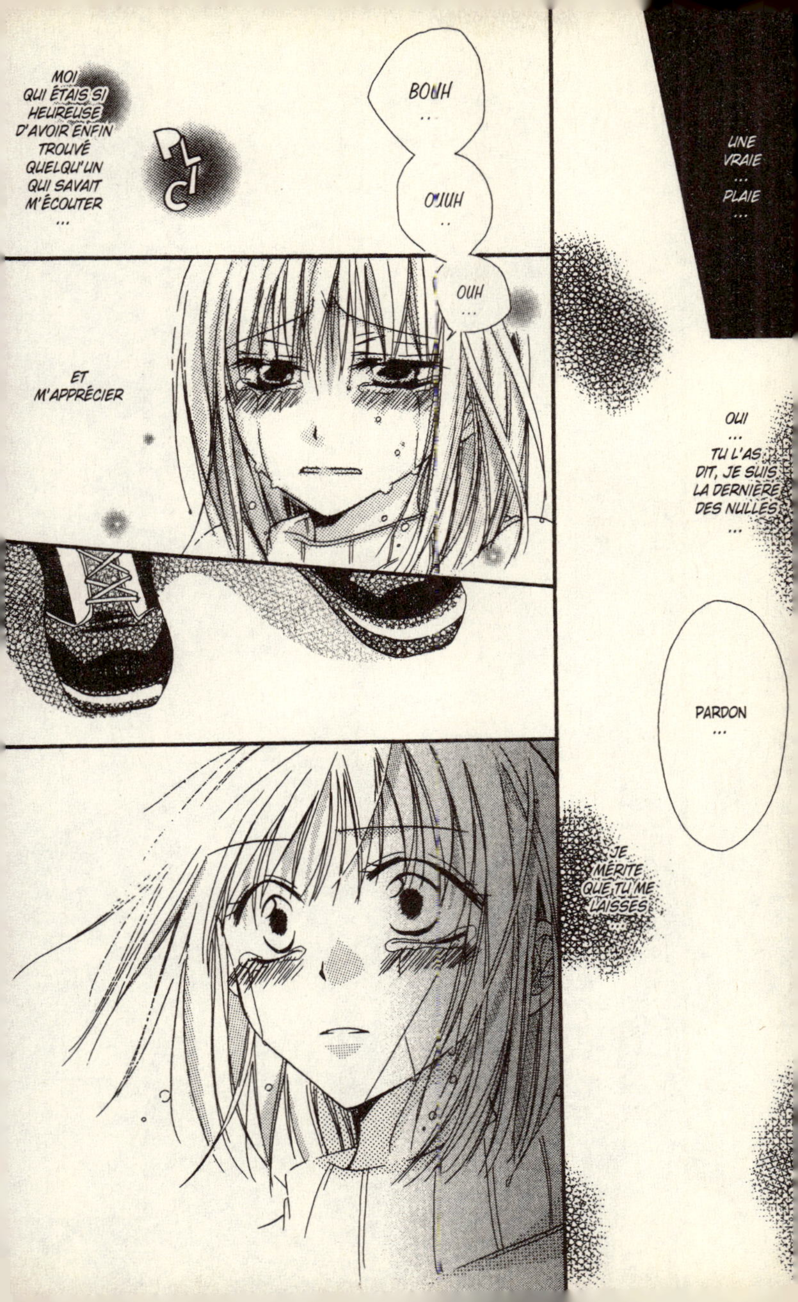
UNE VRAIE ... PLAIE ...
BOUH ...
OUUH ..
OUH ...
MOI QUI ÉTAIS SI HEUREUSE D'AVOIR ENFIN TROUVÉ QUELQU'UN QUI SAVAIT M'ÉCOUTER ...
PLIC
ET M'APPRÉCIER
OUI ... TU L'AS DIT, JE SUIS LA DERNIÈRE DES NULLES ...
PARDON ...
JE MÉRITE QUE TU ME LAISSES ...

J'AI UNE AUTRE BAGUE SUR MOI
QUOI ?
PLOF...
JE VIENS DE L'ACHETER À UN FORAIN
C'EST UN TRUC BAS DE GAMME MAIS JE N'AI PLUS QUE ÇA ...
TU VEUX LA PORTER QUAND MÊME ?
SST.
...

OOH ...
GRIP
MERCI, OUI
...
CHOP
FSSSSH
FSSSSH
...
...
YÔ ... SUKE ?
FSSSS

SWEET RELAX
CHAPITRE 3

MOI CE QUE JE VOUDRAIS BIEN SAVOIR C'EST ...
SI CETTE NANA EST VRAIMENT CHIAKI TÔGÛ ...
QU'EST-CE QU'ELLE CHERCHE ? ELLE VEUT M'AVOIR OU QUOI ?
JE NE COMPRENDS PLUS RIEN...
WAOUH ...
C'EST TROP JOLI COMME ELLE SCINTILLE ...
HI HI HI
ÇA CRAINT ...
...
PARCE QUE JE LA TROUVE SUPER CRAQUANTE !
BLUSH
?

CLUB DE MASSAGE
AH, C'EST LÀ !
IL PARAÎT QU'ON PEUT SE FAIRE MASSER GRATOS
SÉRIEUX ?
EN CE MOMENT, J'AI VACHEMENT MAL AUX ÉPAULES
VLAM
AH ...
BONJOUR
CLING CLING CLING
BO-BOM
!!
PRÉSIDENT ! IL Y A TROIS NOUVEAUX POUR DES MASSAGES
ELLE EST MIGNONNE !
Dans quelle classe elle est ?
On lui parle ?
Je n'ai personne
Je m'occupe d'eux si tu veux ?
Hmm, Aizawa et Tokie sont disponibles aussi
EXCUSE-MOI, MAIS JE TE TROUVE TROP ...
CHOP

Mais qu'est-ce qu'il fait là, Yôsuke ?
BLONG
BLANG
TU M'AS L'AIR DE TRÈS BONNE HUMEUR AUJOURD'HUI. UNE BONNE NOUVELLE ?
SOURIRE
STAF
AH ... OUI, DISONS QUE ...
...
Sourire
DIS-MOI, QUI T'A DONNÉ LA PERMISSION DE LUI PARLER ?
T'EN AS MARRE DE LA VIE ?
GNIII
RIEN, CHEF !
SAF
Si, si !
MOUAIS, MON ŒIL !

TU PEUX ME CROIRE !
MMH
C'EST VRAI ...
BOUDEUR
QU'EST-CE QUI A PU L'AMENER AU CLUB ?
AH !
STAP
YÔSUKE !!!
OH ! MAIS SI JE COMPRENDS BIEN ...
Option «dos» : la douleur diminue
Option «hanches» : la douleur s'envole
Option «cou» : la douleur se dissipe parfaitement
BOBOM BOBOM
QU'EST-CE QUI TE FERAIT PLAISIR POUR COMMENCER ?
Fallait me dire que tu voulais te faire masser !
RIEN ... MERCI, MADEMOISELLE
Bof, dos, hanches, cou, je vois pas la différence ...
DÉCIDÉMENT, J'AI RÊVÉ ...
PFFF
Hélas, trois fois hélas, quand viendra le jour où je pourrais le masser ?
MAIS ...

...
OUH LÀ, IL N'A PAS L'AIR CONTENT ...
QU'EST-CE QUI SE PASSE ?!
MAIS ALORS PAS DU TOUT !
TU DÉTESTES LE SHIATSU À CE POINT ?
YÔSU ...
OUAH !!
CHOP
TU SAIS QUE T'ES VRAIMENT ADORABLE ...
NON ... SÉRIEUSEMENT, J'AI ENVIE DE TE BOUCLER DANS UN COIN
...

Ouiiin ! Sors-moi de-là, steuplé !
BAM BAM
HEIN ? QUOI ? M'ENFERMER ?
PAS QUESTION !
SHAAF
EUH, JE TE CRISPE À CE POINT ?
FRR FRR
JE BLAGUE, CHIAKI
...
OUF, JE RESPIRE, IL SOURIT !
C'est pas bon pour mon cœur ...
?
BOBOM
MAIS ...
TU POURRAS ME MASSER QUAND TU ARRIVERAS À ME RENDRE DINGUE DE TOI ...
IL NE VIENT QUE POUR SE DISTRAIRE, JE NE L'INTÉRESSE PAS DU TOUT EN FAIT
JE LE SAIS BIEN ...
MAIS LAISSEZ-MOI JUSTE Y CROIRE UN MOMENT
DRIIING DRIIING

TA TA TA TAAAN
HI HI
Qu'elle est jolie
TIENS ... C'EST YÔSUKE
IL RENTRE AUSSI ?
MAIS AVEC QUI IL PARLE ?
SAYA ?!

QUOI ... ILS SE CONNAIS-SENT ?!
OU ALORS ... IL LA CONFOND AVEC MOI ?
NON, C'EST PAS POSSIBLE, ON N'A PAS LE MÊME UNIFORME
L'uniforme de sa sœur
STAP
POURQUOI ILS SE CONNAÎ-TRAIENT ?
CHIAKI ...
...
QUI C'EST ?
ÇA FAIT LONGTEMPS
JE CROIS QUE ÇA FAIT TROIS MOIS DEPUIS QU'ON S'EST QUITTÉS
AÏE ... ÇA DOIT ÊTRE UN DES EX DE SAYA
EUH, ÉCOUTE ...
TU NE TE SOUVIENS PAS DE MOI ? C'EST PAS GRAVE, NE T'EN FAIS PAS
JE VOULAIS JUSTE TE DEMANDER PARDON

J'AI UN GRAND FRÈRE, YÔSUKE MORIIZUMI ...
...
QUAND TU M'AS PLAQUÉ J'ÉTAIS VRAIMENT HORS DE MOI, JE T'EN VOULAIS À MORT TU SAIS ... ET PUIS C'EST PASSÉ ...
À CE MOMENT-LÀ, YÔSUKE S'EST VRAIMENT BEAUCOUP INQUIÉTÉ POUR MOI ...
TOUT N'ÉTAIT QUE MENSONGE ...
TU FAIS COMME ÇA O.K. ?
T'ES VRAIMENT MIGNONNE
TOUTE CETTE GENTILLESSE ...
TU VEUX LA PORTER QUAND MÊME ?
AVEC MOI ...
C'ÉTAIT INTÉRESSANT
RIEN N'ÉTAIT VRAI

T'AS PAS L'AIR EN FORME CHIAKI ...
Tu as pleuré ?
QUELLE IMBÉCILE !
QUOI ?
QU'EST-CE QUE ... QUOI ?
Tu as un don ... tu es impressionnante !
REGARDE-TOI DANS UNE GLACE, MISS, TU AS LES PAUPIÈRES BOUFFIES
Mais non, ça crève les yeux
Ah oui
J'AI UN PEU PLEURÉ EN REGARDANT *LÈVE-TOI, SHIGETO ET VIENS DANS MES BRAS* !
CONNAIS PAS ...
En fait Shigeto, le héros, est super émouvant et dans cet épisode il n'arrive pas du tout à sentir les blocages sur les tsubo, c'est super triste !
TIENS ?
Ah, encore un truc de shiatsu !
HA HA ...
HA HA HA HA HA
MAIS QUELLE IDIOTE ...

QU'EST-CE QUI SE PASSE ?
YOUP
BOBOM
AH ...
EH BEN, T'AS PAS L'AIR DANS TON ASSIETTE
TES YEUX SONT TOUT GONFLÉS ...
ÇA VA PAS ?
CET HOMME EST DANGEREUX ...
NE L'APPROCHE PAS CHIAKI, IL VA TE BLESSER...
QUELLE PERSPICACITÉ, PATRON ! À PEINE TU VOIS SON DOS QUE TU DEVINES SON HUMEUR !
C'est l'amour qui t'ouvre les yeux ?
AH, J'ÉTAIS PAS SÛR, MAIS J'AVAIS CRU ...
CHIAKI ?
Ça va toi ? Tu ne dis rien ...
S'IL TE PLAÎT ...
HEIN ?

UNE PETITE CONFIDENCE SUR LES PERSONNAGES

< Sweet Relax >

Depuis que j'ai obtenu un prix avec un héros discret, chaque fois que je me mets à un nouveau récit, l'équipe éditoriale insiste pour que je crée un héros cool. Sauf que... "un héros cool" je ne savais pas trop ce que ça voulait dire !
C'est quoi "un garçon cool" ? Au final, il m'est venue une idée : ouiii !!
Ça doit être un prétentieux !!
Et c'est ainsi qu'est né Yôsuke.

HU

Les larmes ne te vont pas, baby

Yeah, ma ravis-sante déesse

Pour-quoi une rose ?

Mais... Je ne le trouve pas si cool, plutôt dérangé...

Aïe, on vient de m'appeler...

Vous semblez bien mal à l'aise pour créer le héros que nous vous avons demandé ?

Oui, effecti-vement...

Elle m'a expliqué (pendant une demi-heure) à quoi ressemblait "un garçon cool" et c'est ainsi que notre Yôsuke est né, alors j'espère que tout le monde constate qu'il est cool...

UNE PART DE MOI VEUX CROIRE YÔSUKE ...
MAIS L'AUTRE PART N'Y PARVIENT PAS ...
ÇA NE COLLE PAS
DÉSOLÉE, JE NE PEUX PAS FAIRE SEMBLANT DE NE PAS SAVOIR
ET QU'EST-CE QUE ÇA VOULAIT DIRE "SI TU ME RENDS DINGUE DE TOI" ...
"À TON AVIS"
"EMMERDEUSE"
OUI, JE COMPRENDS MIEUX
ET MAINTENANT ...
TU CHOISIS SAYA ...
TU FAIS CONFIANCE À MA SOEUR !
BAF
VOILÀ, IL EST DE SON CÔTÉ ...

AH
CHIAKI ...
CHIAKI !
AH ...
T'ES SOURDE OU QUOI ? ÇA FAIT UNE HEURE QUE JE T'APPELLE
BREF, TU VIENS AVEC MOI !
PARDON ?!
...
TOUT M'EST ÉGAL
J'AI UN PETIT SERVICE À TE DEMANDER
...
BON, ELLE VEUT QUE JE PORTE SES AFFAIRES
DE TOUTE FAÇON MAINTENANT ...
OUAH !!

SAYA ...
QU'EST-CE QUE ÇA VEUT DIRE ?
TU VAS ME SERVIR D'APPÂT
MAIS POUR QUOI ?!
Pour exiger une rançon ?!
POUR QUE YÔSUKE MORDE À L'HAMEÇON
NON ?!
YÔSUKE ?!
MAIS TU N'AS AUCUNE RAISON DE LUI EN VOULOIR !
TU CROIS ÇA ?
OH QUE SI, J'AI DES RAISONS ...
L'AUTRE JOUR, JE L'AI SUIVI ...
COMMENT ?
TU ES LA GRANDE SŒUR DE CHIAKI ?!
JE SUIS DÉSOLÉE D'INTERVENIR COMME ÇA MAIS JE M'INQUIÉTAIS POUR TOI ...
EN FAIT, MA PETITE SŒUR N'AR-RÊTE PAS DE BRISER LE CŒUR DES GARÇONS ET EN PROFITE POUR SE FAIRE OFFRIR PLEIN DE TRUCS
CLING
CLING
J'EN PEUX PLUS DE VOIR ÇA ...
...

AH OUAIS, ALORS C'EST TOI CHIAKI TÔGÛ, L'EX DE MON PETIT FRÈRE
Effectivement, tu m'as l'air bien tordue
JE COMPRENDS TOUT ! IL Y A DEUX CHIAKI TÔGÛ ... MAIS COMMENT DEVINER ? OUH LÀ... QUELLE GAFFE, LA PAUVRE ... JE LUI EN AI FAIT VOIR DE TOUTES LES COULEURS !
DOM DOM DOM
Comment j'ai pu faire un truc pareil à cette nana que j'aime bien ?!
MAIS ...
MAIS ATTENDS, DIS-MOI ...
QU'EST-CE QUE T'AS À PARLER SANS CESSE ?
Rhaa, elle est pénible ... Faut que je cogite un truc important, pigé ?
COMMENT TU PEUX ÊTRE SÛR QUE C'EST MOI ?!
Y A QU'À TE REGARDER MA VIEILLE
ON NE TROMPE PAS UN DON JUAN...
VOILÀ, CE QUE CE TYPE A OSÉ ME BALANCER !
C'est bien pour ça que j'évite ce genre de mecs !!

C'EST BIEN YÔSUKE ÇA ...
ÇA TE SOULAGE, HEIN ?!
MAIS ATTENDS UN PEU LA SUITE ...
YÔSUKE NE VA PLUS TARDER J'IMAGINE. DÈS QU'IL ARRIVERA, JE VAIS VOUS EN FAIRE VOIR À TOUS LES DEUX ...
ET TU CONTEMPLERAS TON PRINCE VOLER AU SECOURS DE SA PRINCESSE EN DANGER
PFRR RR
GRIP
...
IL NE VIENDRA PAS SAYA ...
J'EN SUIS SÛRE ...
JE L'AI REPOUSSÉ
JE N'AI PAS ASSEZ CRU EN LUI ...
ALORS QU'IL AVAIT CONFIANCE EN MOI

JE TE DEMANDE PARDON
IL NE VIENDRA PAS, C'EST INUTILE
ÉCOUTE, SAYA ...
ON ARRÊTE CE DÉLIRE, C'EST COMPLÈTEMENT NUL CE QUE TU FAIS
BOUCLE-LA !
NON MAIS ! COMMENT TU ME PARLES LÀ ?!
TU TE TAIS ET TU OBÉIS !
POUR QUI TU TE PRENDS ?!
!!
BAF
MMH...
MAIS ...
?

...
QU'EST-CE QUE TU CROYAIS FAIRE LÀ ...
HEM ! IL EST VENU !
OUH LÀ LÀ, TU ME FAIS PEUR ! JE FAIS CE QUE JE VEUX, NON ?
ALORS TE VOILÀ ENFIN, MONSIEUR LE CHEVALIER SERVANT ...
OUAIS, VU TON SALE CARACTÈRE, J'AVAIS DEVINÉ QUE TU ALLAIS TENTER UN TRUC TORDU
!!
STAP
DIS-DONC, MINABLE ! N'INSULTE PAS NOTRE SAYAKA !!

CHOP
OUAH !
AÏEUH !
VOUS N'ARRIVEREZ À RIEN COMME ÇA
AH ! JE SAVAIS BIEN QU'ON NE T'AURAIT PAS PAR LA FORCE ...
JE TE RAPPELLE QUE JE TIENS CHIAKI, YÔSUKE ...
IL EST ... FORT
ALORS FAIS GAFFE
AH ...
SI TU T'EN PRENDS À MES COPAINS, JE LA GIFLE, O.K. ?
T'ES ... UNE VRAIE GARCE !

BAM
ARRÊTEZ …
LAISSEZ YÔSUKE …
EH, MINUS !
PRENDS ÇA !
BONG
RHA
C'EST MA FAUTE…
ARRÊTEZ !!
PAF
ARRG
OUAH
SBAF
MAINTENANT, VOUS LE LÂCHEZ, C'EST CLAIR ?

BONG
URGH
OUH
PIF
PAF
BOUM
ARG
STAP
BAM
URGH
MAIS, C'EST QUI, CETTE NANA ?!!
ET PRESSER LES *TSUBO*, ÇA SERT PAS SEULEMENT À DÉTENDRE
...
CONNAÎTRE LE CORPS HUMAIN ...
STAP
HIIII

LES *TSUBO* SONT DES POINTS SENSIBLES ET QUAND ON LES PRESSE TROP FORT, ÇA PEUT FAIRE TRÈS MAL ... VOUS VOYEZ ?
N'IMPORTE QUELLE FILLE QUI PRATIQUE LE SHIATSU DEPUIS LONGTEMPS POURRAIT VOUS METTRE UNE RACLÉE
OUAHH
MAIS ATTENDEZ ...
RAMENEZ-VOUS !
...
GRIP
ALLEZ, VAS-Y !
C'EST LE MOMENT OU JAMAIS DE LUI DIRE ...
SAYA ! C'EST TOI QUI M'AS FAIT DÉCOUVRIR LE SHIATSU ...
MAIS ÇA NE TE DONNE PAS LE DROIT DE ME BLESSER
NON SEULEMENT TU TROMPES TOUT LE MONDE, MAIS EN PLUS TU TE MENS À TOI-MÊME
C'EST PITOYABLE !

SAYA, JE SAIS BIEN ...
TU VOUDRAIS TELLEMENT QU'ON T'AIME COMME TU ES ...
JE TE COMPRENDS, J'ÉTAIS COMME TOI, AVANT
MAIS ...
POUR QUI TU TE PRENDS ?!
TAIS-TOI OU JE TE ...
OH...
SAT
...
ESSAIE UN PEU ...
ET TU VAS VOIR
PFFF ! BANDE DE MINABLES ! ALLEZ, CONTINUEZ À JOUER AUX AMOUREUX TOUS LES DEUX
EUH ...
...
FUIT
MAIS ...

NE PLEURE PAS
BOUH ...
MAIS YÔSUKE ... TU ES ...
À CAUSE DE MOI ...
BLESSÉ ... PARTOUT
JE N'AI RIEN PU FAIRE POUR TOI ...
JE NE PEUX PAS M'EMPÊCHER DE PLEURER ... C'EST TELLEMENT GENTIL
C'EST RIEN ...
JE VOULAIS TELLEMENT TE PROTÉGER

SAH
ÉCOUTE, JE T'AIME

C'EST LA PREMIÈRE FOIS DE MA VIE ...
QUE JE RESSENS ÇA
JE NE TROUVE PAS MES MOTS
AU DÉBUT, JE SUIS VENU VERS TOI PO VENGER FRÈ
ET PUIS, À FORCE DE TE CONNAÎTRE, JE NE SAVAIS PLUS QUOI FAIRE
PLUS JE SUIS AVEC TOI, PLUS C'EST FORT
TON RIRE TOUT DOUX ME FAIT COMPLÈTEMENT FONDRE

VOILÀ, C'EST ...
JE T'ADORE ...
JE VEUX QU'ON RESTE ENSEMBLE
SAT...

SWEET RELAX CHAPITRE 3 / FIN

EXPLIQUE-MOI
ÇA, PRINCE

EST-CE QU'UN BEAU GARÇON A TOUJOURS DU SUCCÈS AUPRÈS DES FILLES ? NON, PAS FORCÉMENT, LA VIE N'EST PAS SI SIMPLE
Hirokooo pourquoi tu ne veux pas sortir avec moi ?
BOUH
SNIF
J'AI UN EXEMPLE EN CHAIR ET EN OS
PAM PAM
Mais qu'est-ce que j'ai à la fin ?
TAKESHIII, ALLEZ, TU NE VEUX PAS RENTRER ?
YÛNA AIZAWA ! TU NE SAIS TOUJOURS PAS LIRE EN MOI DEPUIS LE TEMPS ?!
JE SUIS TRISTE, JE TE SIGNALE ! TU DEVRAIS ME REMONTER LE MORAL !!
RHAA
DEPUIS LE DÉBUT DU MOIS, TU T'ES DÉJÀ PRIS TROIS RATEAUX, ALORS JE M'Y SUIS HABITUÉE ...
STOP
...
CETTE FOIS, C'EST ...
...
PFFF
TU ES FRANCHEMENT ...
Une garce ...
TAKESHI TÔGÛ, UN MEMBRE PLUS ÂGÉ DE NOTRE CLUB

BLUSH
BONG
Cœur fragile
AH LÀ LÀ, TAKESHI, MAIS DE QUOI TU TE PLAINS ? AU MOINS TU ES BEAU
TU PEUX REMERCIER TES PARENTS
PARDON ?
QU'EST-CE QUE TU RACONTES, YÛNA ? JE LEUR EN VEUX VACHEMENT DE M'AVOIR FAIT COMME ÇA !
MERDE !!
MES CHEVEUX VONT DANS TOUS LES SENS ! POURQUOI J'AI CETTE DRÔLE DE TÊTE, MOI ?!
NOOOOO
SAF
Le miroir
EH OUI, IL EST JAMAIS CONTENT ...
Hum, il est un peu à plaindre ...
Alors explique-lui ce qui ne va pas chez lui !
HMM
...
BON, FAUT QUE ÇA CHANGE !
YÛNA, APPRENDS-MOI À DRAGUER LES FILLES
MAIS, ATTENDS ! POURQUOI MOI ?!
YÛNA ...
PARDON ?
J'AVOUE QUE ...

JE VEUX AVOIR UNE COPINE !
J'EN AI MARRE ! TEL QUE TU ME VOIS, JE SUIS PRÊT À TOUT !!
RHAAA
SPROCH
AIEUH
EUH ... QU'EST-CE QUI NOUS VAUT CE NUMÉRO ?
C'EST UN SECRET
YEP
It's a secret ! Good job !
MOUAIS, C'EST ÇA
Mais pourquoi "good job" ?
DRIING
DRIING
DRIING
BLA BLA
2DE 6
S'IL VOUS PLAÎT ...
Y A-T-IL QUELQU'UN PARMI VOUS QUI VEUT DEVENIR LA COPINE DE TÔGÛ ?
...
SILENCE
PAS MOI
Ça vous motive vraiment pas ...
EH LES FILLES, VOUS AVEZ LE TEMPS D'Y RÉFLÉCHIR, HEIN ?

"Tôgû" en japonais = "prince"
MAIS YÛNA, CE BEAU PRINCE NE FAIT AUCUN EFFORT POUR PLAIRE AUX FILLES !
LA DERNIÈRE FOIS, JE L'AI VU PASSER DEVANT UNE FILLE QUI PORTAIT DES TRUCS SUPER LOURDS SANS MÊME L'AIDER
Bon courage à toi !
Hein ?
MOI JE ME DEMANDE S'IL VEUT VRAIMENT AVOIR UNE PETITE AMIE ...
Il propose à toutes les filles ...
Tu veux pas sortir avec moi ?
Salut !
Si on sortait tous les deux ?
JE METTRAI LA MAIN AU FEU QUE CE TYPE-LÀ N'A PAS DE SENTIMENTS, C'EST JUSTE HISTOIRE D'AVOIR UNE COPINE ...
AVANT, IL N'ÉTAIT PAS COMME ÇA MAIS CES TEMPS-CI, IL EST UN PEU LOURD !
DU COUP ...
DÉSOLÉES, YÛNA !
EH BEN ... ON DIRAIT QUE VOUS LUI AVEZ TAILLÉ SON COSTARD
AU DÉBUT, ON LUI FAISAIT LES YEUX DOUX !
AH, LES NANAS ...
FLIPPANTES
ET TOI YÛNA ? POURQUOI TU NE SORS PAS AVEC LUI ?
Moi ?
OUI, TU AIMES TELLEMENT LES BEAUX GARÇONS
AH ... NON MAIS ...
QUAND ON S'EST RENCONTRÉS LA PREMIÈRE FOIS ...
IL M'A FAIT UNE TRÈS MAUVAISE IMPRESSION ...
On attend des nouvelles recrues !!
Dis donc ! Que fait une collégienne au lycée ?
Je suis lycéenne, pauvre pomme
Elle remonte loin dans le passé
Ah oui ! Je m'en souviens.

POUR MOI, C'EST JUSTE UN COPAIN DE CLUB
À PROPOS DE CLUB ... JE CROIS QUE TU ES MEMBRE DU ...
DU CLUB DE MASSAGE, OUI !
HI HI
Ça me servira sans doute plus tard et en plus ça fait du bien
CLUB DE MASSAGE
ON ATTENDS DES NOUVELLES RECRUES !!
MAIS ...
QUOIII ?!
GLOUPS
EST-CE VRAI, MADEMOISELLE YÛNA ? CE N'EST DONC POINT À CAUSE DE MA MINE QUE LES JEUNES FILLES ME FUIENT ?
SÉRIEUX
GNIP
EUH
IL PARAÎT ...
MAIS POURQUOI IL ME PARLE COMME UN PERSONNAGE DE SANGO-KUSHI(9) ?
ALLEZ ZOU ! APPRENEZ-MOI À PLAIRE AUX FILLES, MISS ! JE NE FERAI PAS LE DIFFICILE
HEIN ?!
ET TU DEMANDES ÇA COMME ÇA À N'IMPORTE QUI, TOI ?!
TU ES VRAIMENT IMMONDE !!

* DANS LES JEUX VIDÉOS DE CE GENRE (*DATING SIMULATION*), LE HÉROS (LE JOUEUR) SÉDUIT LES FILLES EN SCRUTANT BIEN LA NATURE DE LEURS PERSONNAGES.

AH, J'AI UNE IDÉE !
POUR BIEN TE FAIRE COMPRENDRE ...
CLAP
SI CETTE FILLE C'ÉTAIT MOI, QUE FERAIS-TU ?
HEIN ? SI C'ÉTAIT TOI ?
ÉLÉMENTAIRE
2) JE LA RÉCONFORTERAIS. ÇA SE PASSE DE COMMENTAIRES, NON ?
QUOI ?!
MAIS, MAIS, MAIS ... POURQUOI ?!
SHAF
HEIN ?
PARCE QUE JE SUIS UN HOMME
MAIS ... QUEL RAPPORT ?
J'y comprends que dalle
BOON, MAINTENANT, ON VA PASSER À LA PRATIQUE ...
LEÇON 2
SÉDUIRE UNE FILLE
ÉCOUTE BIEN. LES FILLES PRÉFÈRENT LES COMPORTEMENTS NETS, CLAIRS ET PRÉCIS ...
MONTRE-MOI DE QUOI T'ES CAP' !
AUX BEAUX DISCOURS

JE CROIS QUE J'AI COMPRIS ...
UNE DERNIÈRE QUESTION ...
QU'EST-CE QUE TU FAIS LÀ-HAUT ?
SHAF
SHAF
UN MEC EST RAREMENT ACCOMPAGNÉ D'UNE FILLE QUAND IL DRAGUE, TU VOIS ?
Je joue aux ninjas
ALLEZ, TAKESHI ! VAS-Y !
Sois un homme, un vrai !
BON, COMMENÇONS AVEC CES FILLES-LÀ ...
SALUT, LES FILLES
SAP
SAP
O.K., CAP'TAINE !
AH
QU'EST-CE QUE ÇA VEUT DIRE "NET, CLAIR ET PRÉCIS" AU FAIT ?
ELLE NE VOUDRAIT PAS QUE JE SOIS COMME UN PROF DE MATHS QUAND MÊME ...
Sage comme une image peut-être ?
DOM
DOM
DOM
DOM
CLAIR COMME LE JOUR ? NON PLUS
ET LE MYSTÈRE ALORS ? PRÉCIS JUSQU'OÙ ? FAUT TOUT DIRE ?
AH !

ÇA Y EST, J'AI LA RÉPONSE !!
ATTITUDE CLAIRE ET NETTE
GLOUPS
VOUS ÊTES RAVISSANTES, COMME LES ROSES À PEINE ÉCLOSES ! VOS LARMES SONT COMME DES PERLES !
Une réplique bidon
VOTRE BEAUTÉ EST TELLE UN DON DU CIEL ! OUI ! J'EN SUIS SÛR !!
En fait, il est assez nul en poésie
C'EST QUOI CE DÉLIRE ?
ON DIRAIT QUE JE LEUR AI FAIT PEUR ...
AH
SILENCE...
AH OUI ... LES FILLES N'AIMENT PAS LES BEAUX DISCOURS
ALORS ... EUUH ... BON DANS CE CAS-LÀ ...
La vache ! Elles sont compliquées les filles
STAP
MON JOKER ...
LA DANSE DE LA ROSE !!
UN HOMME UN VRAI !

Ça lui fait un peu mal...
FRR
FRR
...
PFRR...
OUAH HA HA HA HA HA
LA DANSE DE LA ROSE ?!
GLOUPS
OUAH HA HA HA HA
HI
PFRR...
PAM
PAM
HA HA HA HA HA
FRR
FRR
...
Mais... Excusez-moi ?
EH, YÛNA...
CE N'EST PAS CE QU'ON ATTENDAIT, NON ?
...
MAIS C'EST PAS DRÔLE DU TOUT !
Tu m'as bien eu c'est ça ?!
MAIS NON, JE PLEURE !
J'hallucine ! Nan, mais pourquoi t'es débile à ce point ?!

BLUSSH
JE SUIS TERRIBLEMENT GÊNÉE
Il est vraiment space ! Pas facile pour la famille ...
Désolé ...
PUISQUE C'EST COMME ÇA, TU PEUX DESCENDRE, NON ?
On a fini de jouer, pas vrai ?
HÉ HÉ ...
COMMENT JE FAIS POUR DES-CENDRE ?
HA HA HA
!
TU PEUX M'AIDER, STEUPLÉ ?
Help me, Takeshi
ÉCOUTE, FRANCHEMENT ...
BON, ALLEZ, DONNE TES MAINS
COMME ÇA ? C'EST BON LÀ ?
PARFAIT ! ATTENTION ...
HEIN ?
CHOP

HOP LÀ !

STAP
OOH ! J'EN ÉTAIS SÛR, TU PÈSES RIEN TOI
Mange un peu, hein ?
SHAC SHAC
...
MAIS ...
ET VOILÀ, LE GRAND CLASSIQUE DU SHÔJO MANGA !!
LE PRINCE PREND LA PRINCESSE DANS SES BRAS !!
DÉCIDÉMENT ... CE TAKESHI, C'EST QUELQU'UN !
MA PAROLE, IL M'A ÉMUE EN ME PRENANT DANS SES BRAS
HA HA, PARDON JE T'AI DÉCOIFFÉE
Désolé
JE PEUX T'ATTENDRE LE TEMPS QUE TU TE RECOIFFES
T'INQUIÈTE PAS, ÇA M'EST ÉGAL ...
JE SUIS TRÈS BIEN COMME ÇA

LEÇON 3
OÙ NAISSENT LES HISTOIRES D'AMOUR ?
CLUB DE MASSAGE
OÙ RENCONTRE-T-ON LE PLUS SOUVENT SON OU SA CHÉRI(E) ? DANS LES CLUBS QU'ON FRÉQUENTE !
VU QUE TU ES EN 1RE ET QUE LES FILLES AIMENT LES GARÇONS PLUS ÂGÉS, À MON AVIS TU DEVRAIS T'INTÉRESSER AUX 2DE
HUM, JE VOIS ...
C'est noté
Oui, ça a l'air vrai
PAR CONTRE IL NE FAUT PAS OUBLIER QU'ICI ON EST LÀ POUR DÉBLOQUER DES DOS ... POUR DÉCLENCHER UNE HISTOIRE D'AMOUR AVEC ÇA, ACCROCHE-TOI !
Du coup, je m'inquiète un peu ...
PAS DE SOUCI ! JE ME LANCE !
Eh oh, Mikiii
SAP SAP
EH BEN, ÇA N'A PAS TRAÎNÉ ...
AIZAWA !
AH, BONJOUR PRÉSIDENT
QU'EST-CE QU'IL FAIT LÀ, TAKESHI ?
IL EST EN MISSION SPÉCIALE POUR SE TROUVER UNE PETITE AMIE
COMMENT ?
TU NE POUSSES PAS UN PEU, DIS ?
PARDON ?
MAIS POURQUOI ?
ÉCOUTE ...
OUIIII ♡ REGARDEZ, NOTRE PRINCE DU SHIATSU EST LANCÉ À FOND !!

PETITE ANECDOTE SUR LES PERSONNAGES

Je n'ai mis que six heures à faire le story-board de ce petit récit.

Je l'ai fait très vite, avec passion, et je vous conseille de le lire un peu comme ça, vite et bien. J'avais proposé à l'équipe un autre story-board, mais comme ce n'était pas trop gai, à la dernière minute j'ai fait ce récit.

Dans le titre, je voulais que le mot "prince" apparaisse et je me suis pris la tête pour lui trouver un nom de famille adapté : "prince" --- "jeune altesse" --- "jeune souverain à l'époque de Heian[10]" --- Tôgû --- et voilà !

MAIS POURQUOI MOI ...
NON, YÛNA, PAS COMME ÇA
COMME ÇA
AH OUI
JE N'EN REVIENS PAS ... IL EST DOUÉ POUR EXPLIQUER LE SHIATSU
PF RR
MAIS ALORS, COMMENT JE MASSE ICI ?
COMME ÇA
AH D'ACCORD ! DONC, ON MASSE COMME ÇA APRÈS
OUI, C'EST BIEN ... ENSUITE, TU FAIS COMME ÇA, D'ACCORD ?
...
...
PFRR ?
OUPS PARDON, MAIS JE ME DISAIS QUE ...
EN FAIT, JE NE T'AI JAMAIS VRAIMENT MONTRÉ LE SHIATSU ...
Normalement, ce sont les terminales qui s'occupent de vous
EN TOUT CAS ...

J'AIME BIEN EXPLIQUER LE SHIATSU, ALORS N'HÉSITE PAS À ME DEMANDER
...
SOURIRE
D'ACCORD ?
OUI ...
DITES, Y EN A MARRE, HEIN !
SHAF
PAM
OOH
VOUS ÊTES DANS VOTRE BULLE, O.K., MAIS ÇA SUFFIT LÀ !
SI VOUS VOULEZ ROUCOULER TOUS LES DEUX, ALLEZ AILLEURS !!
VOUS N'ALLEZ QUAND MÊME PAS FAIRE VOS PREMIERS PAS EN ME MASSANT LE DOS ?!
MESDAMES, MESSIEURS, M. TAKESHI TÔGÛ À DROITE ET MLLE YÛNA TÔGU À GAUCHE ... PUNAISE ! J'EN AI MARRE DE TENIR LA CHANDELLE !
STAP
Les nouveaux mariés et leur premier pas dans la vie conjugale
BRAVO
Applaudissez plus fort, ils coupent la pièce montée !
FÉLICITATIONS
De quoi elle parle ?
Chapeau ! Quel humour !
PFFRRRR
DAM DAM

HA HA HA HA HA
HI...
PAM PAM
...
ÉCOUTE BIEN, POUR FAIRE ÉVOLUER LA RELATION ENTRE LES MEMBRES DU CLUB ...
LES PLUS ÂGÉS DOIVENT INSPIRER CONFIANCE AUX DÉBUTANTES QUI APPRENNENT
OH LÀ LÀ ...
Tes paroles m'ouvrent les yeux
PIOC
PLOC
Embrouilleuse, moi ?
LA VACHE ! JE TE GARANTIS QUE TU EN EMBROUILLERAS PLUS D'UN, TOI !
C'est incroyable ! Vraiment !
COMMENT TU FAIS POUR VIVRE DÉCONNECTÉ COMME ÇA ?
SHAA
TU MÉRITES PAS D'AVOIR UNE COPINE !
QUOI ?!
Tu dis n'importe quoi !
MAIS POURQUOI ?!
À quoi ça sert de m'apprendre le shiatsu ?
HMM
'SAIS PAS ... MAIS, JE NE DEVRAIS APPLIQUER TES CONSEILS QU'À LA PERSONNE QUE J'AIME ...
OUI, C'EST ÇA !
DONC VOILÀ QUOI ...
HMM
...
MAIS ATTENDS !!
BOONG
HM ?
BEN OUI, ON EST TOUJOURS UN PEU AMOUREUX DE QUELQU'UN, NON ? JE SUIS UN MEC ORDINAIRE, QUOI ...
TU AS UNE CHÉRIE ?!
Toi ? Un mec ordinaire ?
DANS CE CAS, POURQUOI TU NE LUI AVOUES PAS TES SENTIMENTS ?!

AVOUER MES SENTIMENTS ?
OUI
...
MAIS ÇA NE VA PAS TE GÊNER ...
SI JE FAIS UNE DÉCLARATION D'AMOUR ?

ME GÊNER ?
HA ...
HA HA HA ... QU'EST-CE QUE TU RACONTES ?
BIEN SÛR QUE NON, DIS CE QUE TU VEUX
MAIS POURQUOI JE TREMBLE COMME ÇA ?
POURQUOI SES PAROLES ...
ME SERRENT AUTANT LE CŒUR ?
GRIP
IL VA SE DÉCLARER À UNE FILLE. C'EST PAS MES OIGNONS MAIS ...
POURQUOI ÇA ME FAIT MAL ?

EH OOH ! QU'EST-CE QUI T'ARRIVE ?
!
AH LÀ LÀ FILLETTE ... TU RÊVES ?
ALLEZ, DIS-MOI, QUELLE EST LA LEÇON DU JOUR ?
Je suis prêt à tout, hein !
EUH ...
BOBOM
NON ! JE N'AI PLUS ENVIE DE TE DONNER DE LEÇONS !
STAP
HEIN ? MAIS POURQUOI ?
PARCE QUE ...
JE SUIS ...
...
?
!?
CHOC

SA
TAN
HEIN ?
OUF
...
ÇA VA ?

BOBOM
...
OUF ...
EH BEN DIS DONC ! J'AI LE CŒUR QUI BAT LA CHAMADE ...
Calme-toi, petit cœur !!
BOBOM BOBOM
?
YÛNA ?
SHAA
AHH
MAIS POURQUOI T'AS PLUS DE SOUFFLE D'UN COUP ?
J'trouve plus mes mots
Ben de rien ...
SURTOUT, NE M'APPROCHE PAS !!
Qu'est-ce qui se passe ?
?
FIOUU
D'OÙ ELLE EST VENUE CETTE BALLE ?
JE NE SAIS PAS
...
SHAC
SHAC
OUAH
ATTENDS-MOI, JE REVIENS
HEIN ?
MAIS OÙ VAS-TU, TAKESHI ?
STAP

JE VAIS TROUVER LE GARS ...
QUI A LANCÉ CETTE BALLE
VRAI BALÈZE
!?
MAIS ...
POUR QUOI FAIRE ? ARRÊTE !
JE SUIS TOUTE GÊNÉE !
TAIS-TOI, YÛNA ! IL Y A UN MOMENT OÙ UN HOMME DOIT AGIR
C'est ça être un homme
CLING
MAIS À QUOI TU JOUES LÀ ?!
Et pourquoi cette tenue ?!
BAH ÉCOUTE ... JE DOIS LE RETROUVER ...
PARCE QUE LA FILLE QUE J'AIME A ÉTÉ EN DANGER
GNIP

PARDON ?
...
MOI ? LA FILLE QUE TU AIMES ?
OUI
DEPUIS QUAND ?!
TU N'AS POURTANT PAS L'AIR !!
CHOP
TU ME DEMANDES DEPUIS QUAND ...
RAPPELLE-TOI, JE T'AI DÉJÀ AVOUÉ MES SENTIMENTS IL Y A LONGTEMPS, ET TU AS REFUSÉ DE SORTIR AVEC MOI
HEIN ?
ENFIN, QUAND JE T'AI DIT QUE JE T'AIMAIS ...
ARRÊTE DE ME TAQUINER COMME ÇA !
HMPF !
JE SAIS BIEN QUE TU N'ES PAS SÉRIEUX
LE JOUR OÙ TU SORTIRAS AVEC UNE FILLE, JE VERRAI SI TU ES CAPABLE D'AIMER
Ah là là, j'ai failli te croire là !
... C'EST QUE T'AVAIS RÉPONDU ...

MAIS ENFIN TAKESHI ! COMMENT JE POUVAIS IMAGINER QU'UN MEC DANS TON GENRE POURRAIT SÉRIEUSEMENT AIMER QUELQU'UN ?!
OUIII ... ÇA ME REVIENT !
ATTENDS ...
SI ÇA SE TROUVE ...
TU TENAIS À AVOIR UNE COPINE POUR ...
BEN OUI ...
POUR QUE TU ME CROIES ENFIN. C'EST ÉVIDENT, NON ?
ÉLÉ MEN TAIRE
...
BLUSSSSH
MAIS BON ... VISIBLEMENT, C'ÉTAIT PAS LA BONNE MÉTHODE
Vu ta réaction quoi ...

PUISQUE C'EST COMME ÇA, DORÉNAVANT JE VAIS M'Y PRENDRE AUTREMENT
COMPTE SUR MOI, YÛNA
ET AU MOMENT OÙ IL PRONONÇAIT CES MOTS ...
EST APPARU DEVANT MES YEUX ...
LE PLUS BEAU GARÇON QUE J'AIE JAMAIS VU

EXPLIQUE-MOI ÇA, PRINCE / FIN

SWEET RELAX
CHAPITRE 4

UNE PETITE QUESTION

ENCORE DES MALENTENDUS ?...

* VOIR PAGE 63.

AAH ... C'EST COMME DANS UN RÊVE
OOOH
JE NE PENSAIS PAS POUVOIR TE TOUCHER UN JOUR ...
J'ADORE TES HANCHES ! NON ! C'EST TON DOS QUE JE PRÉFÈRE !
REGARDEZ CETTE LIGNE DE DOS ! FA-BU-LEU-SE ...
...

CHIAKI, C'EST DU HARCÈLEMENT !
BOONG
PARDON ?!
EN DIRECT DU CLUB DE MASSAGE
DÉSOLÉE ! MAIS J'AVAIS ENVIE DE TE MASSER DEPUIS SI LONGTEMPS QUE ÇA M'EST MONTÉ À LA TÊTE
On était en plein exams ...
O.K., GARDE TES COMMENTAIRES POUR TOI ET TU POURRAS ME MASSER AUTANT QUE TU VEUX ...
Puisque ça fait du bien ...
VRAI ?!
BLUSH
MEMBRE DU CLUB DE MASSAGE, ÉLÈVE DE 2DE : CHIAKI TÔGÛ
EUH, ALORS DANS CE CAS, JE PEUX TE FAIRE UN SEITAI ET UN REPLACEMENT DES OS[11] ?!
Toute excitée !!!
EUH ... OUI, MAIS VAS-Y MOLLO, HEIN ?
YOUP...
Tu t'envoles ?
J'Y PENSE ...

EN CE MOMENT, J'AI DU MAL À M'ENDORMIR. TU AS QUELQUE CHOSE POUR ÇA ?
NOTRE CHAMPION ÈS COURBATURES : YÔSUKE MORIIZUMI
CONTRE L'IN-SOMNIE ALORS ?
O.K. doc' !!
CLING
CLING
ON DIRAIT QUE TU ES CONTENTE QUE JE N'ARRIVE PAS À DORMIR ?!
LE COURS DE SHIATSU PAR CHIAKI
APPROCHEZ, CHER MONSIEUR !!
Mettez-vous à l'aise !
COOL
COMME ÇA, DEVANT TOUT LE MONDE ...
C'EST KAKUYU(12), UN TSUBO SPÉCIALEMENT EFFICACE POUR L'INSOMNIE
KAKUYU
IL EST LÀ, SOUS LES OMOPLATES, TU SENS ?
ELLE EST OBLIGÉE DE DONNER TOUTES CES EXPLICATIONS ?
ON ASSOIT LE PATIENT ET ON MASSE
ALLEZ, C'EST PARTI ! LES DEUX POUCES EN MÊME TEMPS !!
ENSUITE !
SAF

AH, LE SANIN-KÔ(13) !
Sur le côté intérieur de la jambe
SHAK
KYÛBI(14) !
Au milieu de l'abdomen
LE JINYU !
Au niveau de la dernière côte
ET VOILÀ
ROON
BRAVOO !!
SHAC
BONJOUR
TAKESHI !
AH...
ON NE VA PAS TARDER À COMMENCER L'ENTRAÎNEMENT
L'président me l'avait dit tout à l'heure
RAH ZUT, ON SE MAGNE !!
AH ...
COUCOU CHIAKI, T'ES DÉJÀ LÀ ?
TAKESHI TÔGÛ, MEMBRE DU CLUB SI DOUÉ QU'ON L'APPELLE LE PRINCE DU MASSAGE, IL EST EN 1RE
C'EST QUAND MÊME INCROYABLE ...

JE NE PENSAIS PAS QU'ON AURAIT AUTANT DE SUCCÈS
File des élèves qui attendent leur tour
TADAM
AU CLUB DU LYCÉE, LES ÉLÈVES PEUVENT SE FAIRE MASSER GRATUITEMENT APRÈS LES COURS
ÇA PERMET AUSSI AUX MEMBRES DU CLUB DE S'ENTRAÎNER COMME DES PROS. ILS RÊVENT TOUS DE DEVENIR PRATICIENS
ET C'EST AUSSI MON RÊVE À MOI, CHIAKI TÔGÛ
EH CHIAKI ...
YÔSUKE DORT ENCORE ?
LE PRÉSIDENT DU CLUB : CHITOSE HARUMI
COMMENT LE SAIS-TU ?
HUM MMH MMH
TU AS L'AIR TOUTE AGITÉE
PRENDS UNE PETITE PAUSE SI TU VEUX
STAP
YOUPI
AH, MERCI BEAUCOUP
OUI, IL DORT ENCORE ...

...
LES CHOSES ONT BIEN CHANGÉ DEPUIS ...
TU VEUX BIEN ME LAISSER TE MASSER ?
O.K., À CONDITION QUE TU ME RENDES DINGUE DE TOI
ET PUIS CRAC, JE SUIS TOMBÉE AMOUREUSE DE LUI
MAIS À CAUSE DE CE DÉFI ENTRE NOUS, J'AI DÛ CACHER MES SENTIMENTS
JE ME SUIS BIEN PRIS LA TÊTE AVEC CETTE HISTOIRE ...
TU VEUX LA PORTER QUAND MÊME ?
SA TENDRESSE M'A SAUVÉE ...

IL Y AVAIT TANT DE MALENTENDUS ENTRE NOUS ...
ÉCOUTE, JE T'AIME
JE T'AIME
JE T'AIME
JE T'AIME
L'écho
ÉMUE
OH LÀ LÀ
AH
JE NE LUI AI JAMAIS DEMANDÉ POURQUOI IL M'AVAIT DONNÉ CETTE BAGUE ?
...
DIS ... JE ...
AAAH, JE N'OSE PAS LUI DEMANDER ...
RLONG
RLAANG
...
KAYAAH

ET ENSUITE, CHIAKI ?
EUH, TU T'ES RÉVEILLÉ ?
SHAAA
FOUAAH
?!
SHAF
ÇA FAIT LONGTEMPS QUE JE N'AVAIS PAS DORMI COMME ÇA
Merci
TU DISAIS ?
RIEN, JE N'AI RIEN DIT. ENFIN, JE PARLAIS TOUTE SEULE
...
AH BON
RLONG
DANS CE CAS, À PLUS
Merci pour le massage
SHAC
...
Il est fâché ?

SHAC
MAIS ATTENDS ...
Ah, Yôsuke !!
Poussez-vous, ne me touchez pas
OH LÀ LÀ !
Tu fais ton timide ?
...
HA HA HA HA
Ça ne te ressemble pas !
Où tu vas ?
CLAC
PRÉSIDENT ...
NE LE PRENDS PAS SI MAL
YÔSUKE, EST UN GARÇON ... TU SAIS, NOUS SOMMES MOINS EXPRESSIFS ...
HEIN?
C'EST GENTIL D'ESSAYER DE ME RÉCONFORTER MAIS JE PRÉFÈRE QUE TU M'ENVOIES DES GENS À MASSER
MAIS TU VAS T'ÉPUISER ...
S'IL TE PLAÎT ...

IL FAUT QUE JE MASSE QUELQU'UN !
SOURIRE
VIUUUUM
OUI CHEF ...
POUR LES ÉPAULES TENDUES, ON PRESSE *KENSEI* ET *KYOKUEN*(15) !!
ILS SONT PLACÉS SYMÉTRIQUEMENT, DONC, IL Y A QUATRE POINTS À PRESSER
KENSEI
KYOKUEN
GNII
GNIIIIII
POUR ARRIVER À BIEN TRAVAILLER LE *TSUBO* IL FAUT VRAIMENT APPUYER !
POUT POUT POUT POUT
ON ATTEND LONGTEMPS AUJOURD'HUI, NON ?
JE CROIS QUE C'EST CETTE FILLE QUI MASSE TOUT LE MONDE

C'EST VRAI, ON DIRAIT QU'ELLE DONNE TOUT DANS LE MASSAGE
ZIIIIM
GLOUPS
?!
ÇA FAIT DEUX HEURES QU'ELLE MASSE LES GENS SANS S'ARRÊTER, ÇA M'INQUIÈTE UN PEU ...
ZBLOM
BONG
Aie !! Elle est tombée dans les pommes !!
AU SECOURS !!
JE SUIS PERTURBÉE ...
SALLE D'ENTRAÎNEMENT
PRIVÉ
ON S'EST DIT QU'ON S'AIMAIT ET APRÈS ?
Elle s'est cognée
JE VOUS DEMANDE PARDON DE VOUS AVOIR EMBÊTÉ ...
...
OUH LÀ ... ELLE N'A PAS L'AIR CONTENTE ...

VRAIMENT NAVRÉE ...
QU'EST-CE QUI S'EST PASSÉ ?
HEIN ?
TU SAIS, SI À CHAQUE FOIS QUE TU AS UN PROBLÈME, TU TE PLANQUES DERRIÈRE LE SHIATSU ...
C'est une mauvaise habitude, ça
VOICI UN AUTRE MEMBRE DU CLUB DE MASSAGE : YÛNA AIZAWA
...
Ah oui ?
EUH ... ÉCOUTE, EN FAIT, J'AI UNE QUESTION ...
D'APRÈS TOI, C'EST QUOI NOTRE RELATION ?
PARDON ?
ÇA M'INQUIÈTE, IL Y A PLEIN DE BELLES FILLES QUI LUI TOURNENT AUTOUR ET ...
Elles ont toutes de longues jambes, des cheveux bien lisses ...

OUIIIN
CONTENT ? ELLE LE VOIT VRAIMENT COMME ÇA ?
BOUDE
IL ME SEMBLE QUE ÇA NE DÉRANGE PAS TROP YÔSUKE, IL A PLUTÔT L'AIR CONTENT !!
TU LES VAUX MILLE FOIS, CHIAKI !
COMMENT ÇA ?
OUCH
EUH ... PAR EXEMPLE, TU MASSES MIEUX QU'ELLES
Ça te convient ?
JE NE SUIS BONNE QU'À ÇA ALORS !!
BONG
?!
AH ... C'EST TOI
AIEUH
OUPS, ÇA VA ?
Tu cours toute seule ?
...
C'EST QUOI ÇA ?
Le goûter ?
JE SUIS ALLÉ VITE FAIT ACHETER UN GOÛTER POUR L'EN-TRAÎNEMENT
Bon, tiens, c'est de la part de ton gentil grand frère
?
BÂTONTROPBON
YOUPI

L'EN-TRAÎNE-MENT ...
C'est vrai que la semaine prochaine, c'est les grandes vacances
BÂTON TROP BON KING SIZE
IMAGINONS QUE J'INVITE YÔSUKE À VENIR ...
HEIN ? JE SUIS PAS MEMBRE DE VOTRE CLUB, ALORS POUR-QUOI MOI ?
SAF SAF
BÂTONTROPBON
BÂTONTROPBON
AUCUN ESPOIR ...
PFFF ...
...
UNE FOIS QU'ON S'EST DIT "JE T'AIME", QU'EST-CE QU'ON FAIT ?
HMM
ON SE TIENT LA MAIN ?
Très fort ? Comme ça ?
REGARDE DEVANT TOI !

ET VOILÀ, TU T'ES ENCORE COGNÉE
POF
TU REGARDES UN PEU OÙ TU VAS, DIS-MOI ?
YÔSUKE !
J'AI L'IMPRESSION QUE ÇA FAIT SI LONGTEMPS QUE JE NE L'AI PAS TOUCHÉ
OH LÀ LÀ, COMME ÇA ME DÉTEND D'ÊTRE CONTRE LUI
JE VEUX RESTER COMME ÇA ENCORE UN PEU ...
OUAAH
C'EST BON ...
TU DOIS ENCORE FINIR AU CLUB ?
Faut que j'y aille
OH NON ...
RESTE !
GRIP

QU'EST-CE QUE ...
EUH, NON MAIS, PARDON ...
BLUSH
ÇA NE T'EMBÊTE PAS SI JE RENTRE AVEC TOI ?
...
NON ...
BUS
OUAAH ! LA CLASSE !!
EH REGARDE, IL EST MIGNON LUI, NON ?
À TON AVIS, LA FILLE À CÔTÉ DE LUI, C'EST SA COPINE ?
HEIN, ELLE ? NON, JE CROIS PAS
MMH
QUOI ?!
CES FILLES ME REGARDENT ?!
CES REGARDS !
Mais pourquoi ?!

HUM ... IL EST TELLEMENT BEAU ...
...
ÇA VA PAS ?
GLOUPS
MAIS SI ! JE ME DISAIS JUSTE QUE TU AS VRAIMENT DU SUCCÈS AVEC LES FILLES
OUCH
J'AI PAS DIT TOUT ÇA LÀ ? SI ?
ARLG
Quel succès ? Ça ne te ressemble pas ...
ET ALORS ?
JE SORS AVEC TOI, RIEN À FAIRE DES AUTRES NANAS
Je m'en fiche
"JE SORS AVEC TOI" ...
On est enseeemble
DONC C'EST VRAI, ON SORT BIEN ENSEMBLE ...

MAIS ... ÇA VEUT DIRE QUOI SORTIR ENSEMBLE ?
Laisse-moi te soulager, steuplé !
TRAQUER SON AMOUREUX
LA LA LAA
MASSER SON BIEN-AIMÉ
ÉTUDIER AVEC LUI À LA BIBLIOTHÈQUE (DES LIVRES DE MASSAGE)
...
POUR LE MOMENT
JUSQU'À PRÉSENT, IL S'AGISSAIT QUE DE MASSAGE !
C'est pas vrai ?!
BOOONG
C'EST PAS TERRIBLE ...
On est ensemble quand même ?
AH OUI !
VOYONS, EST-CE QUE J'AI D'AUTRES EXEMPLES DE COUPLES ?
SST
Tiens des amoureux !
...
MIAOU ?
MEOW
MIAAOU ♡
...
HEIN ?
MIOUU
MIAOU ♡
MIAAAOU ♡
MIOU
COMMENT ÇA ?!
Comment ils parlent ?!

* FILM AMÉRICAIN DE STEVEN SPIELBERG.

Ça te fait rire à ce point ?
PFRR
...
UN JOLI RIRE ...
HA HA HA
ÇA RATTRAPE TOUT
MAIS BON ...
C'EST VRAI QUE TOUTES LES FILLES RÊVENT ...
DE FILER LE PARFAIT AMOUR EN PUBLIC
...
MMH...
BOBOM BOBOM BOBOM

LE PRÉSIDENT DU CLUB COLLECTIONNE LES SURVÊT EN JERSEY

C'est comme ça, c'est son truc, dès qu'il découvre un nouveau modèle il faut qu'il l'ait !
Il ne porte que ça et on pourrait presque croire qu'il ne pense qu'à ça mais bon, quand même, il adore le shiatsu !
Sinon son groupe sanguin c'est A.

✿ Au début, il voulait que les membres du club portent ça mais c'était trop ringard et tout le monde a refusé.

Je me demande combien de personnes connaissent son nom et son prénom dans ce club...

Ah oui ?
EUH, TU AVAIS UN PETIT TRUC SUR LE DOS
Je te l'ai enlevé !
...
SAF
STAP
...
STOP
QUELQU'UN M'ESPIONNE ?

TU NOUS EXPLIQUES ?!
CLUB DE MASSAGE
BON, C'EST PAS GRAVE ... PAS DE QUOI M'INQUIÉTER
TAP TAP TAP TAP TAP TAP
CHACUN SON TOUR ?! ON S'EN FICHE, NOUS !
Nous d'abord !
QU'EST-CE QUI SE PASSE ?
LES MEMBRES DU CLUB DE BASKET ONT DÉBOULÉ D'UN COUP ET NE VEULENT PAS FAIRE LA QUEUE ...
JE T'EXPLIQUE : ON EST QUALIFIÉS POUR LE CHAMPIONNAT, ALORS ON EST LES HÉROS DU LYCÉE, TU PIGES ?!
C'EST SI IMPORTANT QUE ÇA, LE CHAMPIONNAT INTER-LYCÉES ?
Je suis pas au club sportif donc ...
J'ai du mal à le croire
?
OUH LÀ ! TU NE SAVAIS PAS ? FAUT TE TENIR AU COURANT, VIEUX !
C'est dans tout le Japon
SPAF
GLOUPS
ÉCOUTE BIEN !! NOUS SOMMES LES CHAMPIONS ...
VOUSH
SHAF
?!
CLONG...
C'EST QUOI CE RAFFUT ...

ELLE, C'EST LA TRÉSORIÈRE DU CLUB, ELLE EST EN TERMINALE : NATSUE ABE
C'EST VOUS, LES GARÇONS DU CLUB DE BASKET ?
NA... NA... NATSUE ?!
LA VACHE ! QU'EST-CE QU'ELLE EST BELLE
Ah, c'était toi, Natsue ...
SI VOUS AVEZ DES RÉCLAMATIONS ALLEZ-Y, J'ÉCOUTE ...
NON MADEMOISELLE ! ON A RIEN À DIRE !! DÉSOLÉ DE VOUS AVOIR DÉRANGÉE !!
STAP
J'ai pas envie qu'elle me déteste !
OUAAHH
TAP TAP TAP
JE M'ATTENDAIS À CE QU'ILS ME DISENT : "TU NOUS LE PAIERAS" !
PFFF
Oui, on n'entend pas ça souvent
STOP
HUM, LA PROCHAINE FOIS ...

J'AIMERAIS BIEN QU'ILS VIENNENT EN UNIFORME
HM ? LES HOMMES PENSENT QUE L'UNIFORME C'EST UN TRUC DE NANA
Leur peau à moitié dénudée ... Hum, très suggestif...
ET MOI JE VOUS ENGAGE À OBSERVER LE LEUR ! JE ME DEMANDE SOUVENT QUI A CRÉÉ CES TENUES QUI MOULENT LEURS CORPS D'ATHLÈTES ...
MMH
MMH
HEIN ?!
AH, SANS VOULOIR T'OFFENSER, C'EST POUR ÇA QUE TU T'ES PRISE DE PASSION POUR LES MATCHS ?!
Mais les filles ne disent pas ce genre de truc
HU HU HU ...
Au contraire, je suis très romantique
OUH LÀ !
MAIS QUELLE VICIEUSE !
LES FILLES ! RÉPONDEZ-NOUUUS !!
JE RENTRE DE LA RÉUNION DE LA COMPTA DES CLUBS
J'y pense
Il s'en fiche
O.K., VOYONS LE BUDGET PRÉVU POUR CETTE ANNÉE !
MAIS ...
C'EST BEAUCOUP, NON ?
C'est vrai
INUTILE D'ENTRER DANS LE DÉTAIL, LES ENFANTS
CLAP

JE T'EN PRIE, UTILISE BIEN CET ARGENT
EN TROUVER, C'EST LA SEULE CHOSE QUE JE PEUX FAIRE POUR VOUS
...
MERCI BIEN
DE RIEN ...
Hein ?
EXCUSE-MOI, MAIS C'EST QUOI CE POSTE SANS DÉTAILS ?
...
MMH
JE N'EN SAIS RIEN ...
FUIT
POURQUOI TU DÉTOURNES LES YEUX ?!
BOOOOONG

INTERDIT AU PUBLIC
ON VOUS ATTEND, LES NOUVEAUX !!
ÇA M'A FAIT PLAISIR, CE QUE NATSUE A FAIT. ET TOI, YÛNA ?
OUI, JE NE SAVAIS PAS QU'ELLE TENAIT AUTANT AU CLUB
Elle m'avait dit que comme elle était maladroite, c'était pas son truc de masser les gens.
OUH LÀ, ÇA M'A FAIT PENSER À QUELQU'UN !
Mais qu'est-ce qu'il fait, bon sang ...
QUI ?
CELUI QUI N'EST PAS VENU AUJOURD'HUI !
AH ! TU PARLES DE MON FRÈRE ...
SHAC
YÛNAAA !!!
ON M'A DONNÉ DES TOURNESOLS !!
DES TOURNESOLS ?
REGARDE ! ILS SONT SUPER JOLIS !!

NIUU
D'ACCORD, MAIS TU T'ES REGARDÉ DANS LE MIROIR ? T'AS LES CHEVEUX EN PÉTARD !
Tout sales, aussi !
HEIN ?
TIC
BON, QU'EST-CE QUE T'AS FAIT ?
Attends, je te les attache avec des barrettes
EN FAIT, J'AI VOULU PRENDRE QUELQUES TOURNESOLS, MAIS LE GARS DU TERRAIN M'A SURPRIS ET M'A PASSÉ UN SAVON
DU COUP J'AI NÉGOCIÉ : JE L'AI UN PEU AIDÉ À DÉFRICHER ET FINALEMENT, IL M'A DONNÉ DES TOURNESOLS. ON ÉTAIT QUITTES !
AH
MAIS POURQUOI TU VOULAIS DES TOURNESOLS ?
TU M'Y AS FAIT PENSER !
TCHAC
!!
AAAH, QU'EST-CE QUE TU FAIS ?!
HÉ HÉ ! C'EST BIEN CE QUE JE PENSAIS
LE TOURNESOL, C'EST ÇA TA FLEUR !

PARCE QUE TU ES MON SOLEIL !
PFRR
EUH, IL MET TOUJOURS DE L'AMBIANCE COMME ÇA ?
On n'attache pas un gros tournesol dans les cheveux
OUH LÀ
Je n'ose pas le regarder en face
ÇA, C'EST BIEN LE PRINCE ! JAMAIS COMME LES AUTRES !
PAF
MAIS ... QUOIII ?! C'EST PAS UNE RAISON POUR LE GIFLER ...
EUH, CALME-TOI, YÛNA ... ÇA PARTAIT D'UNE BONNE INTENTION
OUI, ON TE COMPREND, MAIS TU Y ES ALLÉE UN PEU FORT ...
HEIN ...
C'EST QUE ... JE LE TROUVE PARFOIS À CROQUER ...
JE SAIS PAS COMMENT RÉAGIR
BLUSH
?!
TON AMOUR POUR LUI T'AVEUGLE, C'EST ÇA ?!
MAIS NON !
Je ne sors pas avec lui, d'abord !
GNAA
GNAA
JE L'ENVIE ...
HOP
DOBOM DOBOM
IMAGINONS, AVEC YÔSUKE ...

QU'EST-CE QUE ÇA DONNERAIT AVEC YÔSUKE ?
...
ROFSSH
ET DONC ?
VOILÀ !
BON, OUI, C'EST VRAI ... APRÈS ?! JE FAIS QUOI ?
AARG AARG
Là, il me faut un coup de génie
IL VA ME DEMANDER POURQUOI J'AI ACHETÉ DES FLEURS ...
EUH ...
SHAA
GLOUPS
C'EST POUR TOI !
PARDON ?
C'EST, EUUUH, VOILÀ ...
DES ROSES !!!
TADAM

DONC, C'EST DES ROSES ...
AH ...
T'as pas une petite phrase romantique là ?
ZIUUM
JE M'EN VEUX !!
ET VOILÀ ...
AH BON ...
DES ROSES ...
FRANCHEMENT, C'EST RIDICULE
PARDON ?
QU'EST-CE QUE TU ATTENDS DE MOI ?
TU VEUX ME DIRE QUOI ?
EUH ... EH BIEN ... ELLES SONT JOLIES, NON ?
EUH ...
HUM, ET ALORS ?
SST ...

DIS-MOI CE QUE TU VEUX
TU VOULAIS JUSTE M'OFFRIR DES FLEURS ?

NI L'UN NI L'AUTRE …
C'EST JUSTE QUE JE ME DEMANDE …
SI TU ES VRAIMENT HEUREUX QUE JE SOIS TA COPINE ?
OU TU FAIS ÇA POUR QUE JE TE PARLE D'AMOUR ?
GRIP
…
TU ES TOUJOURS ENTOURÉ DE JOLIES FILLES
MAIS …

JE T'AIME
JE T'AIME DE TOUT MON CŒUR !
À FORCE DE TOURNER ÇA DANS MA TÊTE, JE NE SAVAIS PLUS QUOI FAIRE
JE VOULAIS FAIRE QUELQUE CHOSE ...
ET J'AVAIS PEUR ...
JE SUIS NAVRANTE MAIS JE SUIS COMME JE SUIS
ET MALGRÉ ÇA ...

TU AS VIDÉ TON SAC ...
PARDON ?
T'ES BÊTE ! JE COMPRENDS, CALME-TOI
FROSH
CE N'EST PAS LA PEINE DE TE METTRE LA PRESSION
ON Y VA DOUCEMENT, O.K. ?
TU CROIS QUE TU POURRAIS QUAND MÊME ME SOURIRE ?

JE TE TROUVE BELLE COMME TU ES
...
TELLE QUELLE
!!H !
SHRR
QUOI ?
BLUSH
LÀ, C'EST TROP POUR MOI !
COMMENT PEUT-IL ME DIRE CE GENRE DE CHOSES ...

JE SUIS SI HEUREUSE, J'AI FAILLI M'ÉVANOUIR
JE L'AIME TANT YÔSUKE
...
TAP TAP TAP
SHAF
BAM
ARG
MAIS T'ARRÊTES PAS DE M'ESPIONNER ! T'ES QUI, À LA FIN ? ...
GNA
GNA
...
ÇA ALORS ?

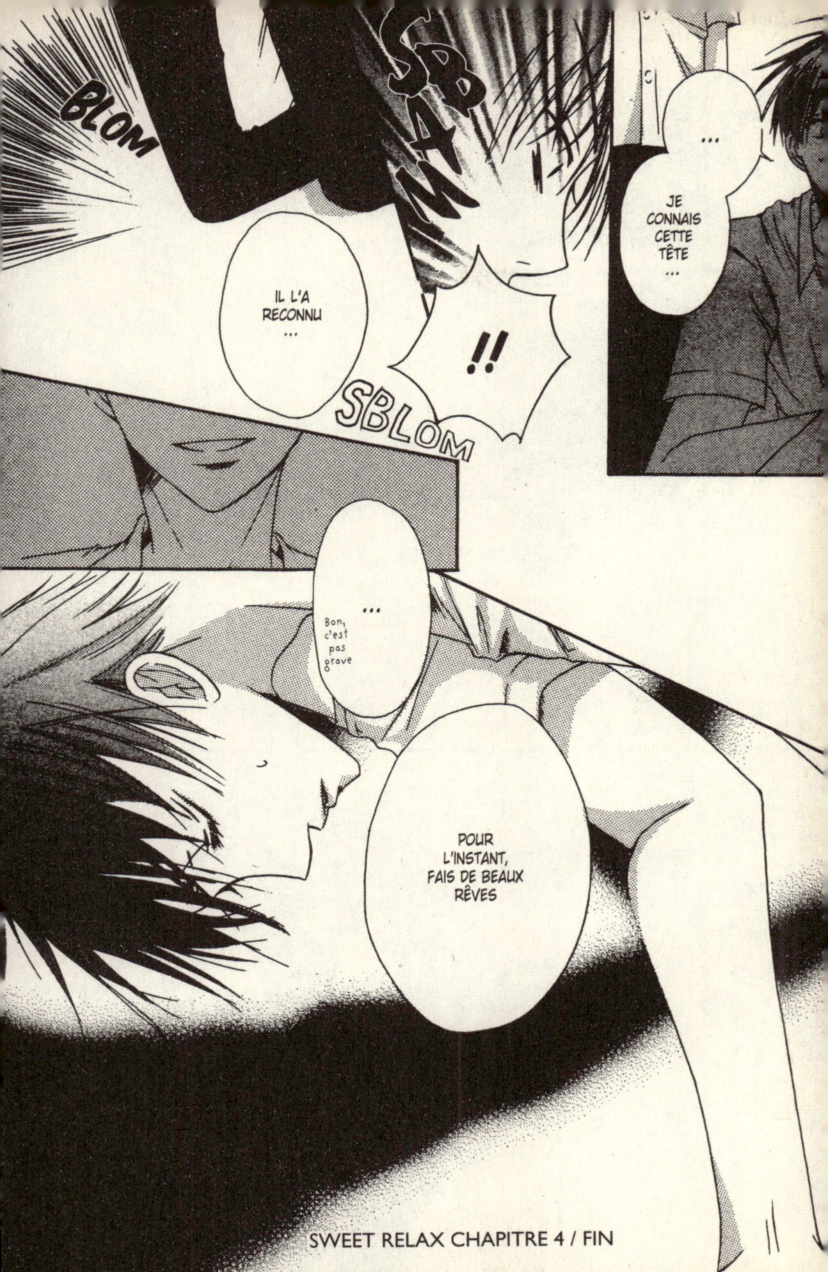

SWEET RELAX CHAPITRE 4 / FIN

SWEET RELAX
CHAPITRE 5
Massage Club

CHOISIR L'ENDROIT DU STAGE

On le plaint

EH ...
QU'EST-CE QUE TU VEUX ?
D'ailleurs, où je suis ?
HI HI ! MAIS D'OÙ TU SORS ? J'TE JURE, JE NE T'AI PAS FAIT TOMBER DANS LES POMMES EN PRESSANT TES TSUBO ♥
SLUP
J'en sais rien, mon coco
C'EST DONC TOI QUI ME FAISAIS SUIVRE ?!
T'es trop naze
OUI, DÉSOLÉ
HUM, J'Y SUIS ALLÉ UN PEU FORT
Une petite info : le type que Yôsuke a cogné est un membre du club de massage !
T'AVAIS QU'À ME DEMANDER DE VENIR ... JE T'AURAIS DIT O.K.
Ce n'était pas la peine de faire ça
SRAC
QUOI ? C'EST VRAI ?!
HA HA HA HA HA
JE M'EXCUSE ALORS !
Quel étourdi je suis !
JE CROIS QUE TU TE SENS MÊME PAS COUPABLE !
VOUUSSSH
ÉCOUTE, MON VIEUX ...

PAAM
GLOUPS
T'ES VRAIMENT DÉBILE, TAKESHI !
CRAC
SAP
JE TE DEMANDE PARDON !
VISIBLEMENT, MON FRÈRE T'A KIDNAPPÉ ...
HI
SAP
OUH LA
T'EN FAIS PAS
C'est rien
ÉMUE
JE SUIS VRAIMENT DÉSOLÉE ... JE CROIS QU'IL A FAIT ÇA POUR MOI
IL A PROBABLEMENT COMPRIS QUE JE VOULAIS ÊTRE AVEC TOI
IL EST DRÔLE ...
C'est pas la question
...
Yôsuke ...

MALGRÉ TOUT ...
JE ME SENS SUPER BIEN, MOI !
...
...
HU
T'AS DE LA CHANCE D'AVOIR UN GRAND FRÈRE QUI S'INQUIÈTE POUR TOI ...
Je remplace mon frère ! Tu peux te venger sur moi
Vas-y ! Tape autant que tu veux !
Laisse tomber, Chiaki ...
NOUS VOICI DONC TOUS À LA MER ...
POUR LE STAGE DE PRATIQUE ...
BOOON, LES ENFANTS ! VOUS VOUS METTEZ EN MAILLOT ET ON SE RETROUVE ICI, D'ACCORD ?
ON EST LÀ JUSTE POUR S'AMUSER OU QUOI ?
MASSAGE
OUIIII

ATTENDS, C'ÉTAIT PAS UN CAMP SPÉCIAL MASSAGE 7J/7 ?
PFFF
CHIAKI
TU VEUX QUE JE TE MONTRE UN TRUC INTÉ-RESSANT ?
?
Quoi donc ?
FSSH...
OUI
REGARDEZ LES DEUX GARÇONS LÀ-BAS ! TROP MIGNONS !!
AH C'EST VRAI !
OH LA LA
HI HI
WAIKIKI
MAIS, C'EST QUOI CETTE TENUE ?!
...
SYMPA, NON ? ON EST TROP COOL, TU TROUVES PAS ?
HÉ HÉ

YEAH
JE SUIS ASSORTI À YÔSUKE ! YES !
JE SAVAIS PAS QU'IL AVAIT SI MAUVAIS GOÛT POUR LES FRINGUES ...
C'EST LE SEUL QUI SOIT DU MÊME GABARIT QUE TAKESHI
Il a l'air trop dégoûté
...
PARDON, ON VOUS A FAIT ATTENDRE
On dirait les frères Waikiki
OOH
Duo bien assorti ?!
OUUUUUH
VOUS ÊTES SUPERBES AVEC ÇA
YES
OUAIS
QUE C'EST BON D'ÊTRE EN MAILLOT DE BAIN QUAND ON EST À LA MER
Natsue, tu es trop belle comme ça !
OUAAH
Il est marrant ton maillot de bain
OUAAH
OUAAH
OUH
C'EST PARTI ! BON, JE FONCE
L'ÉTÉ ... LA MER ... LES NANAS SONT SUPER JOLIES ...
POURQUOI ON N'EN PROFITERAIT PAS ?

VA TE PLACER EN CONTRE-JOUR AVEC TON SUPER SOURIRE ...
C'ÉTAIT DONC ÇA !
C'EST LE GENRE DE POSE QUI FAIT CRAQUER LES GARÇONS
YÔSUKE !
OUAIS ?
EUH ...
ATTENDS, DEUX SECON-DES
C'EST OÙ LE CONTRE-JOUR ?!
OH NON !
C'EST QUOI LA BONNE ATTITUDE ?!
BOONG
C'EST PAS GRAVE ! UN BEAU SOURIRE RATTRAPE TOUT !!
Euh ... Alors ...
HI HI
SOU... SOURIIIIRE
AH
MAIS TU POSES POUR UNE PHOTO OU QUOI ?!
BONG
...

SERRE
?!
DOM DOM
EUUH ... NON MAIS ... AH ?
BLUSH
OUH LÀ ... ON DIRAIT QU'ELLE A TOUCHÉ MON TSUBO LE PLUS SENSIBLE
Elle est trop chou !
EH LES AMOUREUX ...
VOUS NOUS AURIEZ PAS UN PEU OUBLIÉS ?
PFFF
AH
EUH, PARDON !
TAP
TAP
...
YÔSUKE ?
Qu'est-ce qui t'a pris ?

ZUT ALORS
Ah ça
C'EST DONC ÇA PRENDRE LA POSE EN CONTRE-JOUR ?!
C'EST CE QUE NATSUE VOULAIT ME MONTRER ?!
?
Yôsuke, tu as un moment ?
Quoi ?
HUM, YÔSUKE EST UN EXPERT EN SÉ-DUCTION ...
Écoute ...
JE VAIS L'APPELER "MAÎTRE"
ENFIN BREF ... EN TOUT CAS ...
MMH

UN PETIT MOT SUR L'UNIFORME
Le lycée Futôka est un lycée privé.
Il y a un uniforme mais chacun le porte à sa manière et il y a donc un peu de variété.
Natsue par exemple : elle porte une chemise simple et un pull
Parce que...
Un rien m'habille, figurez-vous !
Mais la plupart porte l'uniforme bleu marine
Car c'est l'occasion ou jamais de porter un uniforme !
Et comme ça on regrettera pas de ne pas l'avoir fait
Porter l'uniforme, c'est assez unique pour les filles...
Tsuboys partout !!
DIS DONC, ON PEUT SE RINCER L'ŒIL ICI
J'AI BIEN FAIT DE VENIR ...
HA HA HA
HU HU HU
HA HA HA
HU HU HU
MOI C'EST DAITSUI (16), RAIDE COMME UN PIQUET
Tu veux pas me détendre ?
AH ... EUH ...
Euh, j'aimerais bien mais ...
BOBOM
BOBOM
SALUT ! MOI, C'EST SHIYÔ ! OCCUPE-TOI DONC DE MOI !
Allez ma douce, viens
J'ose pas
OUUH
BOBOM BOBOM
BOUIIIN
JE N'ARRIVERAI JAMAIS À EN CHOISIR UN !
Je vous aime tous !
STAP
GLOUPS
AH

AH, LES TSUBOYS DE YÔSUKE !
Ils fondent en larmes ?!
OUUUH
SNIF
SNIF
SNIF
ON NE T'INTÉRESSE PLUS, C'EST ÇA ?
TU NOUS PRÉFÈRES D'AUTRES TSUBOYS ?
ÉMUE
SANSHÔYU(16) ...
GNIIIP
PARDON ! JE NE VOUS LAISSERAI PLUS JAMAIS !!
C'est vous mes chouchous !
TIC
HEIN ?
Quoi ?
...
OH LÀ LÀÀ
J'AI PERDU MON PROPRIO ! ÇA CRAINT !
EUH EUH
Qu'est-ce que je vais faire ?
Ah ! Ce tsubo a des jambes !!
OUH LÀ ... J'ASSISTE À UN TRUC HALLUCINANT

DIS DONC, CHIAKI !
ARRÊTE DE RÊVER, D'ACCORD ?
JE DOIS VOUS PARLER D'UN PROBLÈME GRAVE
"GRAVE" ?
TADAM
OUI ... ON N'A PAS DE CUISINIER
VOUS VOULIEZ NOTRE MORT, CAPITAINE ?
MAIS J'AI TROUVÉ QUELQU'UN POUR S'OCCUPER DE NOS REPAS, UN REMPLAÇANT
LE VOICI, NOTRE IDOLE, MONSIEUR YÔSUKE
TADAN
Idole ? Moi ?
OUIIIII
SUPER ! YÔSUKE VA CUISINER POUR NOUS ?!
JE MANGERAI TOUT CE QUE TU PRÉPARERAS, MÊME SI C'EST PAS TERRIBLE, PROMIS !!
OUAAAH
YOUPI
...
La cuisine de Yôsuke ...

YOUPIIII
JE VAIS ME RÉGALER TOUS LES JOURS !!
DÉJÀ QUE SES PANIERS REPAS SONT EXTRAORDINAIRES, ALORS SES DÎNERS DEVRAIENT ÊTRE TOP !
Il lui fait goûter
Tiens
Youpi
BOBOM BOBOM
ALLEZ, JE FILE LUI DIRE CE QUE JE VEUX MANGER !
Youpi
YÔSUU...
STAP
SHRR
AH...
FLOSSH
AÏEUUH

CALME-TOI UN PEU, TU VEUX ?
ÇA VA ?
CHIAKI ?
AH ... OUI
ATTENDS, JE ME RELÈVE TOUT DE SUITE
...

HEIN ?
MAIS ...
BOBOBOM
?!
PST
BON, JE VAIS FAIRE DES COURSES

FLOU FLOU
...
BLUSH
OUAAAAH ...
OH LÀ LÀ ! QU'EST-CE QU'IL ÉTAIT BEAU ! JE NE L'AVAIS JAMAIS VU COMME ÇA AVANT !
ÇA M'INTRIGUE ... J'AI DU MAL À LE SUIVRE ...
SURTOUT ...
BLUSH
IL M'A DIT "TOUTE PETITE" ...
QU'EST-CE QUE ÇA VOULAIT DIRE ?!
BOBOONG
AH ...
Quel idiot ...
J'AI OUBLIÉ DE DEMANDER À QUELQU'UN DE M'AIDER À RAPPORTER LES COURSES

STOF
...
Bon, c'est pas grave
QU'EST-CE QUE JE FOUS, MOI ...
PFFF
...
ÇA CRAINT ... J'AI FAILLI ALLER TROP LOIN
BLUSSSH
MAIS C'EST DE SA FAUTE AUSSI ! ELLE EST TOUTE DOUCE, TOUTE PETITE ET EN MÊME TEMPS, ELLE A UN CHARME FOU
FROSH
Qu'elle est forte !
...
RESTE CALME, YÔSUKE
POUR L'INSTANT, JE PRÉFÈRE NE RIEN PRÉCIPITER

...
CE SERA MIEUX POUR ELLE ... ET POUR MOI
QU'EST-CE QUE TU FABRIQUES ?
AH !
GLOUPS
STAP
RIEN ! JE VAIS ME BAIGNER !
JE ME TROMPE OU ...
ELLE ÉTAIT EN TRAIN D'APPUYER SUR LE TSUBO QUI FAIT GONFLER LA POITRINE ?
DANCHÛ (17)
On presse en superposant l'index et le majeur de la main gauche sur ceux de la main droite
La main droite toujours sous la main gauche
Mais pour quoi faire ?
SSSH
Merci monsieur, au revoir et à bientôt
GNNN
YAMAKI
...
HUM ... C'EST TROP, J'ARRIVERAI JAMAIS À TOUT PORTER SEUL JUSQU'À LA VILLA
Bon, une petite pause ...
HOP LÀ
Le ravitaillement pour vingt

BON, COMMENT JE FAIS …
AÏEUUH !!
MAIS FAIS GAFFE, TOI ! VIRE TES PÉNICHES !
Tes pieds nous barrent le chemin !
ET EXCUSE-TOI D'ABORD !
Eh, tu m'écoutes ?!
ELLES ONT PAS L'AIR COMMODE CES CINQ NANAS …
TANT PIS, JE TENTE LE COUP !
CLING CLING
NAVRÉ DE VOUS AVOIR BARRÉ LA ROUTE, MESDEMOISELLES …
DZING
Il est craquant, non ?
IL ABUSE COMPLÈTEMENT DE SON CHARME
OUI, BON, MAIS ON NE VOUS AVAIT PAS VU ALORS …
OUI♡
OUH LÀ
TU EN AS DES SACS, DIS DONC ?!
EFFECTIVE-MENT … ET TEL QUE VOUS ME VOYEZ …
AH BON ?! T'ES TOUT SEUL ?

Fallait le dire, je peux t'accompagner en voiture !!
'Ne bouge pas, je déplace ma voiture'
Ah ! Tricheuse !! Je voulais lui proposer !!
Hein ? Vous êtes sérieuses ?
SOURIRE
Vous m'avez rendu un super service, thanks
Vous êtes chouettes !
OUAAAH
Très mignon, celui-là
BOBOM
Mais non, c'est normal ! D'ailleurs ça nous fait plaisir de te raccompagner !!
VROOM
FROSH
...
Excellent numéro, tu trouves pas ?
Bref, on est venus pour rien
Oui, je ne savais pas qu'il avait un tel don ...
Trop fort ...

* HOMMES SERVANT D'ESCORTES À DES FEMMES D'AFFAIRES.

POURQUOI TU ME REGARDES COMME ÇA DEPUIS UN MOMENT ?
AH, BEN EUH ...
JE ME DISAIS QUE TU AS UNE BELLE POITRINE
EH BEN, TU Y VAS DIRECT, TOI ...
Elle pouvait dire ça autrement
SI ÇA TE GÊNE PAS ... COMMENT TU AS FAIT POUR AVOIR DE GROS SEINS ?
Pardon ...
C'EST HÉRÉDITAIRE
Ah d'accord ...
OOOH !
LA VACHE ! ÇA A L'AIR SUPER BON ...
ON SE CROIRAIT AU RESTO

MERCI YÔSUKE !
J'AI DU RAB POUR DIX PERSONNES
Allez grouillez-vous de finir !
J'EN VEUX ENCORE !!
OUH LÀ
Rhaa ! Non, j'en veux encore ! Donne !!
Sale égoïste ! Rends-moi mon deuxième plat !
CHIAKI ?
AH
AH OUI ...
PARDON, JE VAIS ATTAQUER TOUT DE SUITE TON DÉLICIEUX PLAT !!
...
...
"TOUTE PETITE" ... "TOUTE PETITE" ... TOUTE PETITE POITRINE ?
ZIUUM
L'écho
RHAAA, TOUT DE MÊME !
CHOP

BON, SUIS-MOI
HEIN ?!
Où ça ?
ALORS, DIS-MOI ...
QU'EST-CE QUI TE TRACASSE COMME ÇA ?
MAIS COMMENT T'AS DEVINÉ ?!
QUAND ON A DES SOUCIS, LE MIEUX C'EST D'EN PARLER À QUELQU'UN
ALLEZ, JE T'ÉCOUTE ...
HMM ...
... Euuh, euuh ...
BLUSH
... Disons que ...

TU N'AIMES PAS LES PETITES POITRINES ?
...
QU... QUOI ?!
Qu'est-ce que t'as dit ?
BLUSH
TOUT À L'HEURE, TU M'AS DIT QUE ...
QU'ELLE ÉTAIT TOUTE PETITE
PSST
PSST
Quoi ? ... Ta poitrine ?
...
AH ...
Oui, ça me reviens, mais ...

NE ME DIS PAS QUE TU PENSES À ÇA DEPUIS TOUT CE TEMPS ?
BLUSH
...
...
PFRR
BOOONG
PFRR RR RR
POURQUOI ÇA TE FAIS RIRE ?!
C'est pas drôle !!
NON MAIS ...
TU TE PLANTES COMPLÈTEMENT
JE DIRAIS JAMAIS ÇA ET ÇA SERT À RIEN DE COMPARER
SURTOUT QUE ...

... JE M'EN FOUS DES AUTRES NANAS, C'EST TOI QUI COMPTES POUR MOI
EUH ...
OH LÀ LÀ ...
ALORS IL NE PARLAIT PAS DE MA POITRINE !
Ah, j'ai tellement honte !!
ET POUR TE RASSURER ENCORE PLUS ...
PERSO, LA TAILLE DE POITRINE QUE JE PRÉFÈRE ...
HÉ HÉ
C'EST LA TIENNE, 80 A ...

...
Pardon ?
BLUSSH
MAIS, T'ES UN PEU COCHON !
COMMENT T'AS SU ?!
SHAAA
J'AI DIT ÇA AU PIF
NAAAN ! C'EST IMPOSSIBLE DE DEVINER DES TRUCS COMME ÇA !
MAIS SI, TOUT LE MONDE Y ARRIVE, NON ?
PAS TOUT LE MONDE, ENFIN JE CROIS PAS ...
CUI
CUI
AH
J'Y PENSE ...
OÙ IL T'A EMMENÉE HIER, YÔSUKE ?
On aurait dit qu'il te tenait en laisse ...
...
EXCUSE-MOI MAIS JE NE PEUX PAS TE LE DIRE !
STAP
HEIN ? MAIS POURQUOI ?

TIENS ?
QU'EST-CE QUE C'EST ?
LE JEU DE DÉS : MASSAGE !
START ! Es-tu membre du club de massage ? Yes : avancer d'une case No : rester ici
IL Y A DES DÉS AUSSI
SUPER ! ON VA BIEN S'AMUSER !
I'm a massage girl !!
STING
QUOI ? TU VEUX VRAIMENT JOUER ?!
SÉRIEUX ?!
Pourquoi pas ?!
"Donnez-moi les trois lois fondamentales du shiatsu" ?!
"Trois lois" ... Mais ça existe au moins ?
"MASSER QUELQU'UN AUTOUR DE SOI" ?!
Excusez-moi, oui, c'est à vous que je parle, j'ai un service à vous demander ...
ENFIN ! OUIII, ON Y EST !!!
C'ÉTAIT VACHEMENT LONG
GOOOOAL !!
FÉLICITATION
Maintenant, les vainqueurs écrivent leurs noms au sol !!
Chiaki Tôgû
Yûna Aizawa
MAIS AU FAIT, QUI A CONÇU CE JEU ?
Ah, bonne question ...
EH BIEN, JE M'ATTENDAIS PAS À TROUVER DEUX FILLETTES JOUER À ÇA ...
FSSH
HEIN ?

JE N'EN REVIENS PAS ! JE PENSAIS QU'IL N'Y AURAIT QUE *LUI* POUR MORDRE À L'HAMEÇON
HEIN ? VOUS VOULIEZ ATTIRER QUELQU'UN EN PARTICULIER AVEC ÇA ?!
HM ? OUI, MAIS C'EST PAS GRAVE
CE QUI EST PLUS INQUIÉTANT, C'EST QUE ...
JE VOIS VINGT-CINQ POINTS DE COURBATURE CHEZ L'UNE ...
ET VINGT POINTS SUR L'AUTRE
C'EST QUI ?
EH, LES PETITES PRATICIENNES, FAITES-VOUS MASSER DE TEMPS EN TEMPS, O.K. ?
Trente points sur trente
VOUS ÊTES PRATICIEN ?!
OUAAAH
QUE VOUS ÊTES FUTÉES !!
HM ?
GOAL
LES VAINQUEURS ÉCRIVENT LEURS NOMS
CHIAKI TÔGÛ & YÛNA AISAWA

SWEET RELAX CHAPITRE 5 / FIN

POSTFACE
MERCI D'AVOIR ACHETÉ CE MANGA
VRAIMENT ! DU FOND DU CŒUR, JE VOUS ENVOIE UN BOUQUET DE MERCIS ! ÇA ME FAIT TELLEMENT PLAISIR !!
JE VOUDRAIS VOUS RACONTER COMMENT JE ME SUIS LANCÉE DANS CETTE SÉRIE ...
J'AI FAIT UN PETIT ONE-SHOT ...
INTITULÉ *EXPLIQUE-MOI ÇA, PRINCE*
EXPLIQUE-MOI ÇA, PRINCE
JE VOULAIS UN SUJET ORIGINAL ... ET RÉFLEXION FAITE, J'AI CHOISI DE PARLER DE MASSAGE
Ha ha ha ... Ouiii, je suis un peu dans la mouise, je dois rendre mon storyboard demain ...
LES STORYBOARDS À LA POUBELLE
À CE MOMENT-LÀ, J'APPRENAIS LE *SEITAI*, ÇA VIENT DE LÀ ...
CRAC
Ça claque !!
ÇA M'AMUSAIT BEAUCOUP TOUT CET UNIVERS QUE JE POUVAIS DÉVELOPPER MAIS JE NE PENSAIS PAS QUE L'ÉDITEUR ALLAIT APPRÉCIER ...
On va ... Mais vraiment ?!
SI, ON VA LE PUBLIER
Mon responsable éditorial
ÇA M'A SOUFFLÉE
C'EST AINSI QUE CETTE HISTOIRE A ÉTÉ PUBLIÉE EN MAGAZINE
BOON ! ALORS... QU'EST-CE QUE JE VAIS CHOISIR COMME SUJET POUR LE PROCHAIN ?
TRA LA LA
TRA LA LA
Hana to Yume
RRRRRRR
Tiens, le téléphone
* UN DES MAGAZINES JAPONAIS DE PRÉPUBLICATION DE *SHÔJO*, QUI A AUSSI PUBLIÉ CE MANGA.
ON VA FAIRE UNE SÉRIE DE TROIS ÉPISODES
VOUS ÊTES SÉRIEUX ?
HUM, C'EST CURIEUX, CETTE SÉRIE CONTINUE ENCORE
Un grand merci à vous !!
Oui, c'est grâce à vous !
MAIS PASSONS À LA PAGE SUIVANTE : MERCI MA PUCE DE T'ÊTRE CHARGÉE DE CETTE PAGE POUR MOI ! OUI, JE T'AI EMBÊTÉE, JE SAIS, HI HI !! JE TE DÉRANGE TOUT LE TEMPS, JE SAIS !! MAIS MERCI D'AVOIR ACCEPTÉ !!
Je profite de l'occasion pour te demander pardon au sujet de tous mes mails débiles
DASH
Ouiii, youpii !! Merci à toi !!
LET'S GO!!

FÉLICITATIONS TSUBAKI
POUR TON PREMIER TANKÔBÔN*
LES TSUBOYS SONT CONTENTS AUSSI
Je suis très heureuse de participer à ton premier volume, mais en même temps, je suis un peu gênée. Hi hi !
Dites-moi, chers lecteurs et chères lectrices, en découvrant Sweet Relax et Chiaki vous ne l'avez pas trouvée craquante ? Non seulement elle est mignonne, mais en plus elle aime faire du bien aux gens... C'est trop génial ! Moi, quand j'ai des courbatures, je demande parfois à mes amies de me masser. Mais elles me répondent : "Nan, j'ai pas envie ! Débrouille-toi". Ce n'est pas très gentil, n'est-ce pas ?
Mon adorable Tsubaki me donne souvent de la force, du courage, et me motive par mail ou par téléphone (au fait, en retour, quel service je lui ai rendu ?), vraiment, je lui suis redevable de tout.
Bon courage, continue à faire des mangas toujours aussi sympas ♡
C'était IYO TAKARADA
La version de Takarada
I LOVE you, ma puce !!
UN PETIT BONUS SAYA
AYAAAH
* RECUEIL DE CHAPITRES RELIÉS EN MANGA

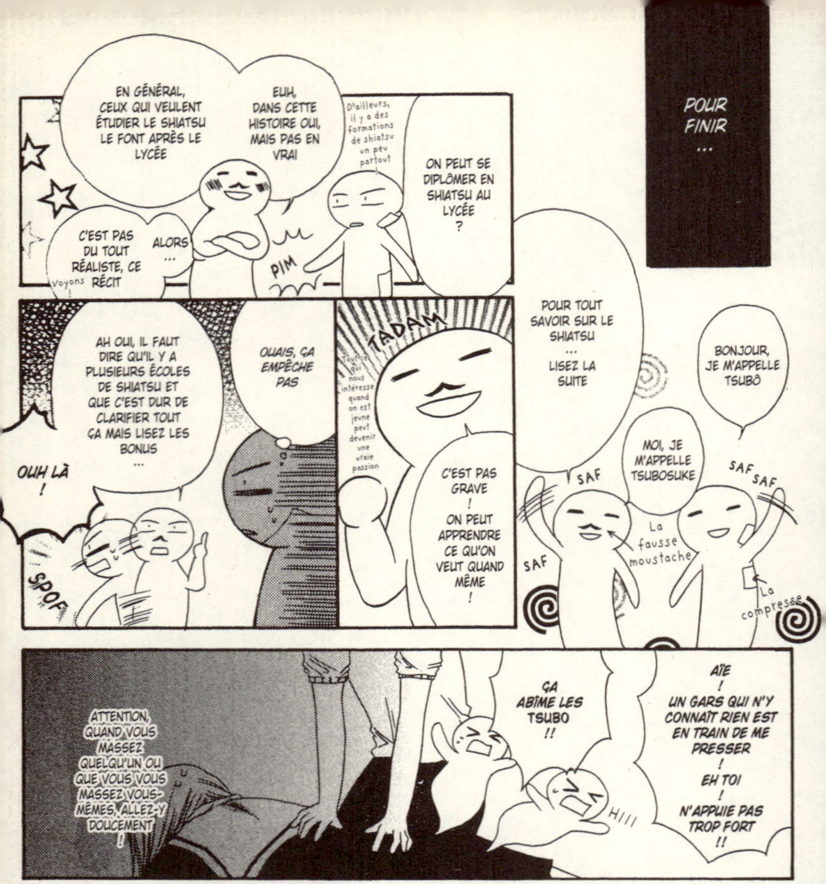
POUR FINIR ...
ON PEUT SE DIPLÔMER EN SHIATSU AU LYCÉE ?
D'ailleurs, il y a des formations de shiatsu un peu partout !
EUH, DANS CETTE HISTOIRE OUI, MAIS PAS EN VRAI
EN GÉNÉRAL, CEUX QUI VEULENT ÉTUDIER LE SHIATSU LE FONT APRÈS LE LYCÉE
PIM
ALORS ...
C'EST PAS DU TOUT RÉALISTE, CE RÉCIT
Voyons !
POUR TOUT SAVOIR SUR LE SHIATSU ... LISEZ LA SUITE
BONJOUR, JE M'APPELLE TSUBÔ
MOI, JE M'APPELLE TSUBOSUKE
SAF SAF
SAF
La fausse moustache
SAF
La compresse
TADAM
Tout ce qui nous intéresse quand on est jeune peut devenir une vraie passion
C'EST PAS GRAVE ! ON PEUT APPRENDRE CE QU'ON VEUT QUAND MÊME !
OUAIS, ÇA EMPÊCHE PAS
AH OUI, IL FAUT DIRE QU'IL Y A PLUSIEURS ÉCOLES DE SHIATSU ET QUE C'EST DUR DE CLARIFIER TOUT ÇA MAIS LISEZ LES BONUS ...
OUH LÀ !
SPOF
AÏE ! UN GARS QUI N'Y CONNAÎT RIEN EST EN TRAIN DE ME PRESSER ! EH TOI ! N'APPUIE PAS TROP FORT !!
HI!!
ÇA ABÎME LES TSUBO !!
ATTENTION, QUAND VOUS MASSEZ QUELQU'UN OU QUE VOUS VOUS MASSEZ VOUS-MÊMES, ALLEZ-Y DOUCEMENT !

SPECIAL THANKS
Sœurette (merci d'avoir été mon assistante), ma famille, madame la responsable éditoriale
“Ceux qui m'ont donné des idées de noms de personnages, je vous dis à tous un grand merci !!”
(YUFUNA, CHIAI, CHIAKI, HARUKA, NON, YÔKO, NANAE, RUMI, TOMIZUKA, ABE, KATSUHISA, MAMIE)
Merci encore à vous tous, chers lecteurs, chères lectrices ♡ je ne cesserai pas de faire des efforts ! Votre soutien compte pour moi ! Merci !
Et puis, merci à mes copines accros de mangas comme moi et qui m'envoient tout le temps des mails !

GRÂCE À VOUS TOUS, CHERS LECTEURS, CHÈRES LECTRICES, J'AI PU RÉALISER UN LIVRE COMPLET.
JE VOUS REMERCIE INFINIMENT !!
Je ne vous décevrai pas ! À très vite !

CLÉS DE COMPRÉHENSION

1. Tsubo et *tsuboys* (page 5)

D'après la médecine asiatique, le corps humain est traversé par des méridiens, sorte de lignes d'énergie. Dans le shiatsu, les *tsubo* correspondent à des points sur ces méridiens. Quand il y a des tensions, le praticien y exerce des pressions. L'auteure a créé le terme de *tsuboys*, icônes rigolotes qui rendent visibles ces points bloqués !

2. Seitai (page 7)

Ou *seitai hô* : principe du corps juste. Il s'agit d'une technique d'éveil et de réajustement de la sensibilité corporelle par le toucher. Le but est d'augmenter la capacité d'auto-guérison du corps.

3. Tsubo tenchû (page 10)

Nom du carrefour énergétique au niveau des deux creux situées à la jointure de la tête, de chaque côté de la colonne, en haut de la nuque. En appuyant dessus on soulage les maux de tête.

4. Tsubo shiyô (page 10)

se situe aussi en haut du dos, au niveau des cervicales. En appuyant dessus on soulage la toux et le mal de dos.

5. Jinyu, daichôyu et *shishitsu* (page 27)

Le massage du *tsubo jinyu* est efficace contre la toux, les courbatures des épaules, le lumbago, les maux des genoux, le manque d'appétit, les cystites, les hémorroïdes, les troubles menstruels, l'impuissance, la dépression et l'inertie.
Daichôyu est un *tsubo* utile pour soigner la diarrhée et la constipation, ainsi que les maux des hanches, le lumbago, les maux des genoux et l'amaigrissement des fesses. Le *tsubo shishitsu* quant à lui soulage les maux des hanches et des genoux, le lumbago et affine la taille.

6. Shinyu et gekimon (page 35)

Les *tsubo shinyu* et *gekimon* sont efficaces contre l'hypertension, l'essoufflement, le stress et la nervosité.

7. Gaikan, gôkoku et ketsuinyu (page 50)

Le *tsubo gaikan*, situé sur le poignet, soulage les maux articulaires de la main, du corps et du cou. On masse *gôkoku* pour calmer les douleurs dentaires, la stomatite, les contractions aux épaules, les courbatures des bras, les maux d'estomac, les troubles menstruels, faire maigrir le dos et diminuer l'acné juvénile. Il se situe sur dos de la main. Le *tsubo ketsuinyu* est efficace contre l'hypotension, les palpitations, l'essoufflement.

8. Bonne humeur (page 54)

Autrefois la médecine occidentale reposait sur la théorie des humeurs, des sécrétions du corps comme la bile. Au nombre de quatre (bile, atrabile, flegme et sang), leur équilibre déterminait des « tempéraments » (bilieux, colérique, flegmatique et sanguin). Plus tard la mélancolie (ou humeur noire) y fut ajoutée. Être donc de « bonne humeur » correspond avant tout à un état d'équilibre organique.

9. *Sangokushi* (page 106)

Sangokushi, ou l'*Histoire des Trois Royaumes*, est un roman historique chinois, dont l'édition moderne date du XIVe siècle d'après une œuvre du IIIe siècle, qui décrit la période où les trois royaumes de Shu, Wei et Wu s'affrontent pour la domination de la Chine (220-280 après J.-C.). Ce classique de la littérature chinoise a été adapté en manga par Mitsuteru Yokoyama, mais également en *anime*, téléfilms, films (comme récemment *Les 3 Royaumes*) et même jeux d'arcade.

10. L'époque Heian (page 117)

Couvrant la période de 794 à 1192, l'époque Heian est dominée par la puissante famille Fujiwara qui règne sur la cour impériale. C'est le moment où les liens directs avec la Chine se distendent et où le Japon se recentre sur sa propre identité en développant peu à peu une forte militarisation. La Cour réside alors à Heian. Quand ils ne se consacrent pas à leurs pratiques religieuses, les nobles passent leurs temps à composer des poèmes. Des œuvres majeures comme *Le Dit du Genji* (*Genji Monogatari*) de Murasaki Shikibu ou *Les Notes de chevet* (*Makura no soshi*) de Sei Shônagon datent de cette époque. Mais diverses épidémies ajoutées à la montée en puissance de la classe guerrière conduisent au déclin de cette période pour aboutir au Japon médiéval.

11. Replacement des os (page 134)

Ce que l'on appelle replacement des os ou *hone kyôsei* (hone signifiant « os » et kyôsei « correction ») est une technique permettant de guérir les foulures et les froissements.Le but est de corriger les déséquilibres des articulations et du squelette.

12. *Tsubo kakuyu* (page 135)

Presser *kakuyu* agit pour l'insomnie, le hoquet et les courbatures du dos.

13. *Saninkô* (page 136)

Tsubo efficace pour lutter contre les jambes lourdes, la fatigue, la frilosité et la stérilité.

14. *Kyûbi* (page 136)

Ce *tsubo* est bénéfique pour le stress, l'irritabilité et l'insomnie.

15. *Kensei et kyokuen* (page 142)

Le *tsubo kensei* agit sur les yeux épuisés, le torticolis et les courbatures du dos. Complémentaire du précédent, *kyokuen* est lui aussi efficace contre le torticolis et les courbatures de la nuque et du dos.

16. *Daitsui* (page 181)

Situé à la base de la nuque, ce *tsubo* est efficace contre les saignements et autres écoulements du nez, les cystites et les hémorroïdes.

17. *Sanshôyu* (page 182)

Ce *tsubo* est pressé pour favoriser la circulation du sang, les courbatures du dos, la frilosité et les troubles de la menstruation. En général, il se situe de part et d'autre de la colonne, au niveau de la première vertèbre lombaire.

18. *Danchû* (page 189)

Ce *tsubo* est aussi efficace pour l'hypertension, les palpitations, l'essoufflement, l'amaigrissement, le stress, l'irritation et la dépression.

LE SHIATSU

Ambiance shiatsu

« Aïe ! J'ai mal au dos ! » « Ouille, mon ventre ! » Chutes ? Stress ? Tensions ? Efforts trop violents ? « Vite, je file chez le médecin ». Il m'écoute, examine mon ventre ou mon dos, pose son diagnostic et me prescrit un remède.

« Aïe ! Aïe ! Mon dos ! » « Mon genou ! » Blocages ? Stress ? Tensions ? Émotions mal digérées ? « Vite, je vais chez le praticien de shiatsu ». Il m'écoute, observe et repère les zones de tensions ainsi que l'intensité de mon énergie vitale et l'équilibre ensuite dans tout mon corps pour soulager ce mal au dos ou au genou en m'aidant à trouver la racine de cette douleur.

On le comprend, la manière orientale d'aborder la douleur physique n'est pas la même que la nôtre. Ici, notre approche se concentre sur la zone douloureuse, là-bas on considère le corps comme une globalité. Alors sans vouloir opposer les pratiques occidentales aux pratiques orientales, c'est vraiment avec un esprit relax et curieux qu'il faut aborder le shiatsu, une drôle de pratique venue du pays du Soleil Levant…

Le shiatsu, qu'est-ce que c'est ?

C'est une pratique de santé traditionnelle spécifiquement japonaise qui passe par le toucher. Le mot shiatsu se compose des idéogrammes *shi* (doigts) et *atsu* (pression). Le praticien exerce des pressions à divers endroits du corps avec les pouces, les doigts ou les paumes des mains pour faciliter la libre circulation de l'énergie. Dans la tradition orientale, il existe beaucoup d'autres techniques énergétiques proches du shiatsu : elles se situent toutes dans le domaine du bien-être et de la prévention.

Bien pratiqué, le shiatsu améliore la souplesse musculaire et articulaire, facilite le fonctionnement harmonieux des différents organes, du système nerveux et des glandes endocrines. Enfin, il stimule la circulation du sang et de la lymphe dans tout le corps.

Comment se passe une séance ?

Le praticien de shiatsu commence par écouter puis il évalue le niveau d'énergie vitale de la personne. Le centre de cette énergie se situe dans le bas-ventre (sous le nombril exactement, dans la zone dite du *hara*) et le praticien peut la mesurer en prenant le pouls par exemple. Considérant le corps comme un tout animé par une énergie qui circule le long de canaux (ou méridiens – voir encadré), il va ensuite procéder à l'examen de l'état de ces méridiens avant de les rééquilibrer par des pressions rythmées des mains, des pouces mais aussi des coudes, des genoux ou des pieds. Ces pressions d'intensité variable sont effectuées sur des zones ou des trajets spécifiques. Des étirements doux peuvent s'ajouter à cela pour favoriser une meilleure circulation de l'énergie. Le praticien peut également réchauffer un point particulièrement bloqué en approchant un bâton chaud et parfumé de moxa. Pendant une séance de shiatsu, on porte une tenue souple et confortable.

Méridien *késako* ?

La notion de « méridien » vient directement de la médecine traditionnelle chinoise dont le shiatsu est issu (plus de détails dans le bonus du volume 2). Les méridiens ne sont pas des organes mais des lignes énergétiques qui parcourent tout le corps et vont nourrir les organes. Il y a plusieurs types de méridiens et leur fonctionnement est assez complexe mais, en résumé, on en distingue douze, chacun correspondant à un organe. Leur fonctionnement est basé sur des principes cycliques tirés de l'observation de la nature.

À quoi ça sert ?

Nos corps et nos esprits sont soumis à rude épreuve : tensions intérieures avec nos émotions, nos peurs, nos angoisses et sentiments négatifs, et extérieures avec les études, le travail, l'argent, les relations, la sédentarité, une nourriture trop riche et/ou industrielle, un environnement perturbant et/ou pollué, etc. Tout cela nous pompe de l'énergie, nous fatigue, crée des déséquilibres qui peu-

vent devenir chroniques et sources de malaises, d'insomnies, de crispations… Le shiatsu sert donc essentiellement à dénouer toutes les tensions profondes en rééquilibrant l'énergie du corps afin que chacun puisse faire face au mieux à sa situation personnelle.

« Aïe, j'ai mal ! »
La douleur physique, comment ça marche ?

Les tensions peuvent être anciennes, par exemple un choc mal soigné, ou récentes, comme une chute. Quand c'est insupportable, la douleur est un signal donné par le corps : « il y a un problème à cet endroit, dépêche-toi de trouver une solution ! » Ce signal se manifeste par une sensation de douleur véhiculée par les sens et les émotions.

Selon la médecine et les sciences occidentales, le monde est perçu comme composé d'un matériau appelé « matière », matériau pour nous dépourvu de vie et de conscience. Dans les traditions orientales, le corps n'est pas un morceau de matière sans lien avec le reste et encore moins une machine que l'on répare comme une voiture. Bien avant le symptôme douloureux, l'approche énergétique orientale s'intéresse à la notion d'équilibre énergétique et d'état de santé global, et non de lutte ponctuelle contre la maladie. La douleur manifeste qu'il y a un problème et nous « dit » que quelque chose cloche. Dans le cas d'un choc, le message est évident et immédiat, dans le cas de malaises chroniques, les choses deviennent plus subtiles. Dans la tradition orientale, le physique n'est donc jamais dissocié des aspects psychiques et émotionnels de la personne. Les pratiques de santé sont orientées vers la prévention par l'équilibre énergétique, elles s'intéressent aux malades dans la continuité et inscrivent leurs soins dans la durée parce que toute personne (et donc tout corps) a une histoire.

Mystérieuse énergie

Définir cette énergie dont on parle tant et que personne ne voit jamais est plutôt compliqué. Pourtant tout le monde peut dire : « Tiens, aujourd'hui je n'ai pas la pêche ! » Alors qu'est-ce que l'« énergie » ? Le mot grec *energeia* veut dire « force en action » et c'est bien de cela qu'il s'agit. Les hommes et les animaux puisent l'énergie (*ki* chez les Japonais, *chi*, *tchi* ou *qi* chez les Chinois) qui les fait vivre dans le sommeil récupérateur, ils l'absorbent par la nourriture, l'eau et... l'air en respirant. Tiens, l'air, encore quelque chose qui ne se voit pas mais qui est pourtant vital...

La tradition médicale orientale vieille de plusieurs milliers d'années considère que tout être vivant étant le fruit de l'union de deux autres êtres, la quantité et la qualité d'énergie présente en chacun est différente et correspond à ce mélange... ce qui rend chaque être vivant absolument unique.

Cela signifie aussi que l'énergie d'un être (humain ou animal car le shiatsu peut aussi se pratiquer sur les animaux, les chevaux notamment) a une histoire : elle vient de ses parents et se transmet à la planète à la destruction du corps. Ainsi, le fameux équilibre chinois yin-yang (dont l'équivalent japonais est le *in-yô* ou *kyo-jitsu*) est un principe de base du shiatsu. Le yin, c'est le froid, le Nord, l'hiver, la lune, la nuit, le féminin, ce qui reçoit, la profondeur, etc. Le yang, c'est la chaleur, le Sud, l'été, le soleil, le jour, le masculin, ce qui donne, la surface, etc. Bien qu'ils soient l'inverse l'un de l'autre, yin et yang n'existent et n'ont de sens que l'un par rapport à l'autre. Non seulement ils ne sont pas en conflit, en lutte, mais au contraire, c'est la dynamique complémentaire des deux qui est nécessaire à l'organisme et qui le maintient en équilibre.

Quand l'énergie vient à manquer dans cette dynamique ou qu'elle est de mauvaise qualité (chez des personnes dominées par des émotions négatives comme la colère ou la tristesse par exemple), cela crée un déséquilibre : l'énergie circule mal dans les méridiens et les maladies s'installent. En sollicitant les *tsubo,* on régule l'énergie dans le corps. Comme vous avez pu le voir dans *Sweet Relax*, les *tsubo* sont des points d'entrée et de sortie de l'énergie. En les sollicitant par des pressions, le praticien stimule ou calme l'énergie dans le corps du patient ou lui redonne la qualité qui lui convient. L'énergie c'est un peu comme la confiance : invisible mais indispensable pour avancer !

Et ça marche le shiatsu?

Il faut croire car c'est la seconde médecine officielle du Japon ! En Europe, le shiatsu a été reconnu comme étant l'une des huit approches alternatives de « médecine non conventionnelle digne d'intérêt » par une résolution du Parlement Européen votée le 29 mars 1997, sur proposition du député belge européen Paul Lannoye.

Le cœur et l'esprit

Le shiatsu s'inscrit dans le vaste et riche ensemble des techniques manuelles orientales pratiquées depuis des siècles par des milliers de personnes. Le lien corps/esprit est essentiel dans ces civilisations et se retrouve aussi bien dans des philosophies (le taoïsme par exemple) que dans des religions (confucianisme, bouddhisme, shintoïsme, etc.). Cet esprit est évidemment présent dans des pratiques comme le yoga, les danses traditionnelles, les arts martiaux… mais aussi dans l'ikebana (arrangement floral) ou le *cha no yu* (la cérémonie du thé). Toutes ces pratiques de santé, d'art ou de spiritualité recherchent l'accord du corps et de l'esprit et permettent de développer une relation très fine au corps et, par extension, au monde environnant. On les retrouve également sous d'autres formes chez les aborigènes d'Australie, dans l'ayurvéda indien, les peintures qui guérissent des Navajos… Pour guérir, le lien avec le cœur est fondamental car il est considéré comme l'empereur des organes du corps. C'est de lui que dépendent l'intelligence et la compréhension. C'est ce qui fait que le praticien de shiatsu sera capable de se mettre à la place de son patient, de comprendre sa souffrance, sans pour autant la porter à sa place. On voit d'ailleurs que l'attitude shiatsu de Chiaki influence positivement Yôsuke pour dépasser ses blocages !

Eva Cantavenera
Avec la complicité de Cécile David, praticienne de shiatsu, et de Mari Kuroda.

Découvrez tous les secrets de
fruits basket
FRUITS BASKET © 1998 by Natsuki Takaya / HAKUSENSHA Inc., Tokyo
fruits basket
Natsuki Takaya
FAN BOOK 1
Deux *fan book* indispensables !
★ Des illustrations originales en couleur
★ Des pages de BD inédites
★ Des informations détaillées sur chaque personnage
fruits basket
Natsuki Takaya
FAN BOOK 2
Le Chat
Déjà disponible
En librairie
le 1er Juillet

STYLÉE ou DÉBRAILLÉE ?
Êtes-vous une
SWITCH GIRL!!
NATSUMI AIDA
NEKO
OFF ON
SWITCH GIRL!!
La réponse est déjà en librairie
SWITCH GIRL!! © 2006 by Natsumi Aida / SHUEISHA Inc.
Couverture non définitive.
DELCOURT
WWW.EDITIONS-DELCOURT.FR
AKATA
akata.fr

IL EST BEAU, VIRIL, INTELLIGENT...
... ET ACCRO AU SHÔJO* !
AYA KANNO
OTOMEN
Le 13 mai,
ne manquez pas le 5e volume
de votre Otomen préféré.
Couverture non définitive
AKATA
DELCOURT
* MANGA POUR FILLES
TRAIT POUR TRAIT   OTOMEN © 2007 by Aya Kanno / HAKUSENSHA Inc., Tokyo

Il était une fois
la Cendrillon
des temps modernes...
LOLLIPOP
RICACO IKETANI
Le nouveau joyau de *Cookie**
DISPONIBLE EN MAI 2009
DELCOURT
akata.fr
*magazine de prépublication édité par Shueisha
TRAIT POUR TRAIT BITO LOLLIPOP © 2006 by Ricaco Iketani / SHUEISHA Inc.

LOVELY COMPLEX

Un style résolument branché, des personnages hauts en couleur, un parfait dosage de sentiments et d'humour : *Lovely Complex* a tout pour devenir le prochain *shôjo* incontournable ! Risa, une grande perche, et Atsushi, haut comme trois pommes, sont les comiques involontaires du lycée à cause de leurs disputes légendaires. Tous deux complexés par leur taille, ils ont peur de ne jamais trouver l'amour... Et en font forcément des tonnes pour faire oublier leur mal-être ! Amour, rires et complexes : voilà le point de départ du *shôjo* le plus enthousiasmant du moment !

***Lovely Complex* d'Aya Nakahara**
Série en cours ; 192 pages n&b.

❀JE NE SUIS PAS UN ANGE

C'est la rentrée au lycée Hijiri. Midori Saejima, que ses camarades ont affectueusement surnommé "l'ange Saejima", a été inscrite d'office à l'élection du comité des élèves par ses amis. Mais le jour où elle doit prononcer son discours de campagne, elle trébuche et s'étale sur la scène, dévoilant sa petite culotte à toute l'assemblée. Heureusement, Akira, le garçon dont elle est secrètement amoureuse, détourne l'attention avec des blagues et la sauve d'une humiliation certaine. Bien décidée à retourner cette triste histoire à son avantage, Midori décide de faire campagne en affichant dans l'école un dessin humoristique : "l'ange Saejima en petite culotte" !

***Je ne suis pas un ange* d'Ai Yazawa**
Série complète en 4 volumes ; 432 pages n&b et couleur.

GOKINJO

Mikako et Tsutomu sont amis d'enfance, ils habitent le même immeuble, fréquentent le même lycée d'art : l'Académie Yazawa. Mikako rêve d'ouvrir sa propre chaîne de boutiques de vêtements ! Quand, un soir, Tsutomu rentre chez lui accompagné par une fille, le cœur de Mikako vacille... Quel est ce sentiment qu'elle ressent ? Malgré les sous-entendus de sa copine Risa, Mikako ne comprend pas. Voici une histoire touchante et drôle qui décrit les relations troublantes qui existent parfois entre des adolescents, quand amour et amitié se confondent.

***Gokinjo, une vie de quartier* d'Ai Yazawa**

Série complète en 7 volumes ; 192 à 224 pages n&b.

Oyayubi kara romance 1 by Izumi Tsubaki

First published in Japan in 2004 by HAKUSENSHA, INC., Tokyo
French language translation rights in France arranged with HAKUSENSHA, INC., Tokyo through TOHAN CORPORATION, Tokyo

Supervision éditoriale : Akata

Dépôt légal : juin 2009. I.S.B.N. : 978-2-7560-1816-4
Première édition

Traduction : Mari Kuroda
Adaptation : Eva Cantavenera et Cihame Mebirouk
Adaptation graphique : Adèle Houssin
Conception graphique : Trait pour Trait

Imprimé et relié en mai 2009
sur les presses de l'imprimerie Aubin (Groupe CPI), à Ligugé.

www.akata.fr
www.editions-delcourt.fr